화려한 귀환

2

FUSION FANTASTIC STORY

월문선 장편 소설

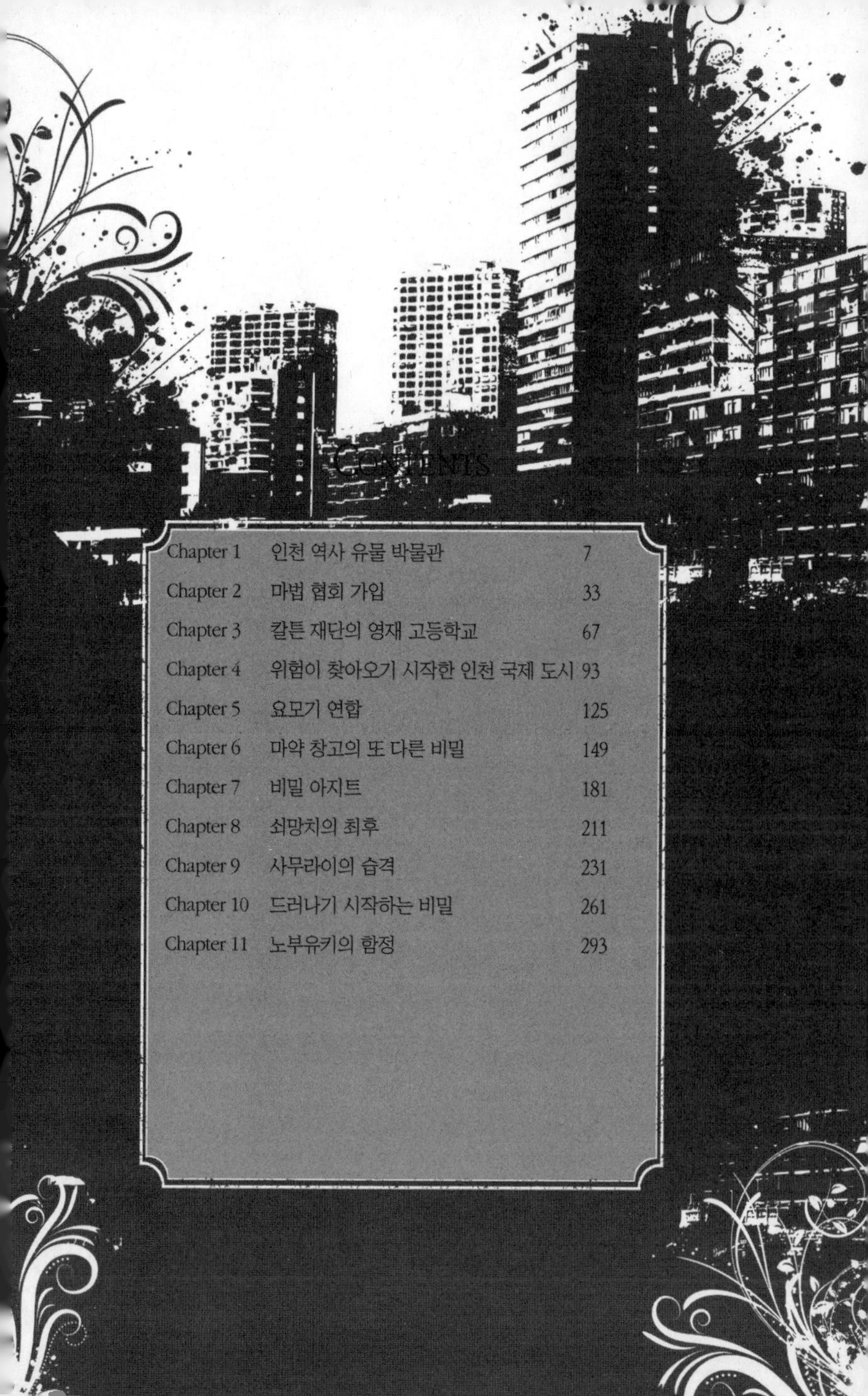

CONTENTS

제 1 장
인천 역사 유물 박물관

현성이 신도림 대형 마트에서 개최중인 세계 미스터리 유물전을 갔다온 것도 어느덧 3일이 지났다.

학교를 마치고 집으로 돌아온 현성은 자신의 침대에 드러누운 채 이대식이 준 명함을 물끄러미 바라봤다.

'설마 현대에 마법이 존재하고 있을 줄이야.'

이대식의 이야기에 의하면 전세계적으로 마법사들이 존재한다고 한다. 그리고 그 마법사들이 모인 단체가 있다고 했다.

모임의 이름은 마법 협회.

현대에 마법이 있다는 사실만 해도 놀라운데, 거기다 마법 협회라는 조직까지 있다는 소리에 현성은 머리가 복잡해질 수밖에 없었다. 그뿐만이 아니라 이대식은 현성에게 협회에 가입하기를 제안했다.

현성이라면 꼭 마법사가 될 수 있을 것이라면서.

"내 생애 가장 어이가 없는 순간이었지."

현성은 쓴웃음을 지었다.

지금은 비록 3서클 마스터밖에 되지 않는 수준이었지만, 이미 현성은 8서클 마스터의 경지를 보고 온 마법사였다.

그런 자신에게 마법사가 될 수 있다니?

"그런데 대체 그들은 뭐하는 자들일까?"

현성은 생각에 잠기며 심각한 표정을 지었다.

이대식으로부터 자세한 이야기는 듣지 못했지만, 자신들은 마법 협회의 한국 지부 마법사들이며 마법에 재능이 있는 자들을 찾아서 스카우트 제의를 한다고 했다.

그리고 이대식은 며칠간 잘 생각을 해보고 자신에게 연락을 달라고 하며 헤어졌다.

"그는 분명 1서클 유저 마법사였어."

카페에서 이대식이 화염을 일으켰을 때 현성은 확실히 느꼈다. 완전하지는 않지만 마나 서클 하나가 그의 몸 안에 존재하고 있다는 사실을 말이다.

"도대체 이 세계는 어떻게 돌아가고 있는 것이란 말인가."

현성의 눈썹이 살짝 떨렸다.

이대식이 발동한 화염 마법의 구동 원리는 매우 눈에 익었다.

자신의 마법에 비하면 조잡하기 이를 데 없었지만, 기본적인 원칙이 거의 똑같았던 것이다.

"그들에 대해 조사를 해봐야겠군."

현대에 존재하고 있는 마법사들의 비밀 단체, 마법 협회.

그 지부가 한국에 있으며 자신에게 가입 권유를 제안해 왔다.

과연 이 모든 것들이 우연이라고 할 수 있을까?

"내가 이드레시안 차원계에 가게 된 것도, 그리고 다시 현대에 돌아온 것도… 사실은 무슨 이유가 있는 게 아닐까?"

현성은 자신이 현대에 돌아오고 나서 일어났던 일들을 떠올렸다. 마법이 없었다면 해낼 수 없었던 일들이 수두룩했다.

그 모든 것들에게 무슨 의미가 있는 것일까?

"아니면 내 생각이 지나친 것일 테지."

현성은 쓴웃음을 지으며 고개를 흔들었다.

지금 현 상황에서는 알 수 있는 내용들은 제한적이었다. 다만, 몇 가지 사실은 알 수 있었다.

마법은 더 이상 자신의 전유물이 아니라는 것.

이미 조잡하기 짝이 없지만 마법의 존재를 알게 되었으며, 마법을 쓰는 자가 나타났으니 말이다.

"앞으로 무엇이 또 나타날지 기대가 되는군."

현성은 희미한 미소를 지었다.

마법사는 천성이 호기심 많은 연구가라고 할 수 있는 존재였다. 그것은 현성도 예외가 아니었다.

현대에 마법이 존재한다는 사실을 알았으니, 또 다른 무언가가 있다고 해도 이상하지 않았다.

"문제는 그들의 목적이 무엇인지 모른다는 점이지."

현대에서 마법은 무한한 가능성과 힘을 가지고 있었다. 마법으로 하지 못하는 일은 거의 없었다.

그 때문에 마법 협회라는 조직이 무엇을 꾸미고 있는지 현성은 걱정이 되었다.

"만약 그들이 마법으로 사리사욕을 채우는 자들이라면……."

현성의 눈빛이 날카롭게 빛났다.

마법이 가진 파급력은 세계에도 영향을 미칠 터.

하물며 국내에도 마법을 쓰는 자들이 있었다.

그들이 마법으로 타인에게 피해를 주는 자들이라면 언젠가 현성의 가족들이나 주변 인물들이 피해를 입는 날이 올지도 몰랐다.

또한, 그들이 마법을 사용하고 있다는 사실을 알게 된 이상 가만히 있을 수 없었다. 어째서 이 세상에 마법이 존재하고 있는지 조사도 해야 했다.

적어도 현성이 알고 있는 마법은 이드레시안 차원계에서

만 존재하는 전유물 같은 것이었기 때문이다.

"우선은 그자들과 먼저 만나 봐야겠군."

현성은 이대식이 준 명함을 물끄러미 바라보며 마법 협회에 갈 생각을 굳혔다.

마법 협회 내부에 잠입해서 조사를 할 생각이었다.

그들의 목적이 무엇인지 알아내기 위해서. 그리고 이 현대에 마법이 존재하는 이유를 찾기 위해서.

* * *

세계 비밀 결사 조직, 마법 협회.

세상 사람들은 마법사의 존재를 모른다.

하지만 중세 유럽에서 출발한 마법사들은 알게 모르게 역사에 관여를 해왔다. 지금 이 순간에도 상당한 영향력을 행사하고 있으며, 각 나라마다 지부를 두고 활동하고 있다.

한국 또한 마법 협회의 입김이 닿아 있는 나라로 인천시에 있는 문학산 자락에 지부가 존재했다.

인천시 역사 유물 박물관.

겉으로는 평범한 역사박물관이지만, 그 실체는 마법 협회 한국 지부가 위장하고 있는 장소였다.

대한민국에서 그들은 어마어마한 영향력을 가지고 있으며, 대한민국의 대기업 회장이라 해도 그들에게는 한 수 접어야 했다.

또한, 대한민국 정부와도 좋은 관계를 유지하고 있었다.

서로 간에 이익을 추구하는 협력관계였던 것이다.

인천시의 문학산 자락에 위치한 박물관은 크게 두 개의 건물로 나뉜다.

역사적 가치가 있는 유물들이 전시되어 있는 전시관 건물과, 대다수의 직원들이 있는 기획 운영실 및 학예 연구실이 모여 있는 건물로 구성되어 있다.

전시관의 경우 표면적으로는 일반인에게 공개되어 있지만, 실질적으로 일반인들이 박물관에 찾아오는 경우는 드물었다.

박물관 전체에 광범위하게 펼쳐져 있는 결계 때문이다.

전시관에서 어느 정도 거리가 떨어져 있는 직원 전용 건물은 관계자 외 출입금지 구역으로 지정되어 있었다.

바로 이 건물이야말로 마법 협회 한국지부의 본부였다.

"이번에 재밌는 신참을 발견했다면서? 그에 대해 조사를 해왔나?"

"네."

직원 전용 건물의 최상층에 위치한 관장실에서 두런두런 말소리가 들려왔다.

"성명 김현성. 나이 18살. 고등학교 2학년으로 성적이나 운동 신경은 극히 평범하며 반에서 일부 아이들에게 괴롭힘을 당하다가 약 두 달 전에 자살을 시도한 전적이 있습니다."

관장실에서 역사박물관 기획 운영과 과장인 이성재가 현성에 대해 조사한 내용들을 보고하고 있었다.

그는 삼십 대 중반의 사내로 날카로운 인상에 안경을 쓴 인물이었다.

"흠. 자살이라."

이성재의 말에 오십 대 중반의 강인한 인상을 가진 중년 사내가 턱을 쓰다듬으며 탐탁지 않은 표정을 지었다.

그가 바로 역사박물관의 관장이자 마법 협회 한국 지부장이기도 한 서진철로, 대한민국의 뒷세계를 지배하는 실세와도 같은 인물이라 할 수 있었다.

그리고 한국인 중에서는 유일하게 3클래스를 마스터하고 매지션의 칭호를 받은 인물이었다.

"하지만 문제는 그 후입니다."

"뭐가 문제지?"

서진철은 의아한 얼굴로 반문했다. 그러자 이성재는 안경을 고쳐 쓰며 재차 말을 이었다.

"자살을 시도한 김현성은 한 달 동안 혼수상태에 빠져 있다가 다시 깨어났습니다. 그리고 그 후부터 이상한 점들이 생기기 시작했습니다."

"호오, 이상한 점이라?"

서진철은 흥미로운 표정으로 이성재를 바라봤다.

자신들이 준비해 둔 수정 해골이 소년의 마나와 엄청난 반응을 보였다는 사실은 이미 보고를 들었기 때문에 잘 알고 있었다. 그리고 그 말은 곧 소년이 어마어마한 잠재력을 내포하고 있다는 사실을 의미했다.

그런 소년에게 이상한 점이 생기기 시작했다면 필시 작은 일이 아닐 터였다.

"무슨 일이 있었던 거지?"

서진철의 말에 이성재는 자신이 조사한 내용들을 보고하기 시작했다.

그동안 현성을 괴롭혀왔던 한진상에게 맞선 것부터 시작해서 현성을 습격해 온 서른 명의 불량배를 상처 하나 없이 격퇴한 사실과 건달에게 납치당한 여동생을 구한 일까지.

병원에서 깨어난 후 현성이 해온 일을 들은 서진철은 눈을 빛냈다.

"재미있군. 정말 혼자서 그 모든 일을 해냈단 말인가?"

"예. 보고에 의하면 틀림없습니다."

"흠……."

서진철의 미간이 살짝 좁혀졌다.

한 달 만에 깨어난 고등학생 소년이 이전에는 절대 해내지 못할 일을 해냈다.

아무리 스무 살도 되지 않은 고등학생이라지만 무려 서른 명이나 되는 인원을 혼자서 상처 없이 쓰러뜨린 것이다.

거기다 동네 건달 두 명을 맨손으로 제압까지 했다니?

"이 과장. 과연 이 소년이 마법을 쓴 것일까?"

서진철은 낮게 깔린 목소리로 물었다.

지금까지 현성이 해온 일들을 보면 마법을 사용한 것이 아닐까 의심되었다. 그뿐만이 아니라 소년에게는 뛰어난 마나 잠재력이 있지 않은가?

"……."

서진철의 조용한 물음에 이성재는 침묵했다.

이성재 또한 서진철이 가진 의문을 가지고 있었으며, 이미 그 점에 대해서는 벌써 몇 번이나 고심하고 정보를 분석했다.

하지만 결과는 만족스럽지 않았다.

"모르겠습니다."

"모르겠다고?"

이성재의 대답에 서진철은 묘한 표정을 지었다.

서진철은 이성재에 대해 잘 알고 있었다. 그는 아주 유능한 인물이었으며 언제나 자신의 기대를 배신하지 않았다.

하지만 이번만큼은 이성재로서도 어쩔 수 없는 일이었다. 갑작스럽게 변해버린 현성에 대한 정보가 적었기 때문이다.

"저희들의 조사에 의하면 그 소년은 마법과 아무런 연관이 없었습니다. 가족, 친척, 친구 등을 비롯하여 주변 인물을 조사해 봤지만 마법과는 아무런 연관이 없는 일반인이었습니다."

"하지만 그 소년이 한 일을 보면 마법이 개입했다고밖에 생각되지 않는데?"

"저도 그 점이 의심스러워 몇 번이나 조사해 봤지만 마법과는 연관이 없었습니다. 게다가……."

"게다가? 또 뭔가 더 남아 있나?"

서진철의 물음에 이성재는 곤혹스러운 표정을 지었다.

"소년을 주도적으로 괴롭힌 인물은 뒷세계 조직의 보스 아들이었습니다. 그리고 여동생을 납치한 건달 또한 조직에서 보낸 조직원이었다는 사실을 알아냈습니다."

"과연. 어떻게 된 일인지 알 것 같군."

서진철은 턱을 쓰다듬으며 생각에 잠겼다.

한 달만에 다시 본 소년에게 후광파 보스의 아들 녀석이 형편없이 깨졌다. 이에 앙심을 품은 보스 아들 녀석이 조직원을 동원하여 소년의 여동생을 납치했다고 서진철은 이해한 것이다.

"그래서? 그 이후 어떻게 되었지?"

"조직원들을 제압한 후 소년의 행동은 저희들을 예측을 크게 벗어났습니다."

"예측을 벗어났다? 그건 또 무슨 소리지?"

서진철이 의아한 얼굴로 이성재를 바라봤다. 대체 소년은 조직원들을 제압하고 무슨 행동을 했단 말인가?

"자신을 건드린 조직의 보스를 노리고 직접 쳐들어갔습

니다.

"뭐라고?"

그 말에 서진철은 살짝 놀란 표정을 지었다.

아직 머리에 피도 안 마른 고등학생 녀석이 인천의 뒷세계에 군림하고 있는 조직에 직접 쳐들어갔다니?

이게 대체 무슨 소리란 말인가?

순간 서진철의 뇌리에 한 가지 생각이 번쩍 스치고 지나갔다.

"설마 그 조직이 후광파는 아니겠지?"

"맞습니다, 관장님."

"허……."

서진철은 헛웃음을 흘렸다.

자신들, 마법 협회는 뒷세계와 연관이 깊었다. 그 때문에 뒷세계에서 일어나는 정보를 대부분 수집하고 있었으며, 그 중에는 얼마 전 후광파 내부에서 대대적인 숙청이 있었다는 정보도 있었다.

그런데 그 일에 자신들이 발견한 소년이 연관되어 있을 줄이야!

"결과는… 뭐, 말하지 않아도 알 것 같군. 그 소년이 조직을 접수했을 테지?"

"예. 그 말대로입니다."

이성재의 입에서 서진철이 예상했던 대답이 흘러나왔다.

그러자 서진철은 그럴 줄 알았다는 표정을 지으며 입을 열었다.

"대단하군. 단신으로 조직 하나를 접수할 줄이야."

처음 자살을 시도했다는 이야기를 들었을 때는 소년에 대해 탐탁지 않다고 생각했다. 현실이 힘들다고 자살을 선택할 만큼 유약한 성격이라면 마법 협회의 인간으로서 자격이 없었으니 말이다.

하지만 자살을 시도하고 한 달간 혼수상태에 있다가 다시 깨어난 소년은 내면이 바뀌었다.

그뿐만이 아니라 과거에는 없었던 힘까지 생겨나 있었다.

'위험할지도 모르겠군.'

서진철의 눈빛이 깊어졌다.

정확한 이유는 모르지만 아직 스무 살도 안 된 고등학생이 조직 하나를 깨부순 것이다.

현성이 가진 힘이 위험하다고 판단한 서진철은 이성재를 바라봤다.

"자네는 그 소년이 조직에 왜 쳐들어갔다고 생각하나?"

그 말에 이성재는 안경을 고쳐쓰며 대답했다.

"글쎄요… 소년은 여동생을 구한 다음 바로 행동했습니다. 아마도 여동생을 납치한 조직에게 복수를 하기 위해서가 아닐까 생각됩니다. 아니면 무언가 다른 이유가 있을지도 모르죠."

이성재의 말에 서진철은 생각에 잠기며 책상 위에 놓여진 서류를 물끄러미 바라봤다.

하지만 자살 시도를 한 전후의 현성은 너무나 다른 모습에 명확한 판단을 내리기 힘들었다.

"역시 직접 만나서 이야기하는 수밖에 없겠군."

"예? 관장님께서 직접 만나볼 생각이십니까?"

"그래. 아무래도 재밌는 녀석인 것 같아서 말이야."

본래라면 마법 협회 한국 지배를 이끄는 지부장인 서진철이 신입을 직접 만나거나 하진 않지만, 이성재의 이야기를 듣고 현성에 대해 호기심이 생긴 것이다.

"그럼 최대한 빨리 그 소년과 만날 수 있게 조치를 취해 봐."

"알겠습니다."

서진철의 말에 이성재는 고개를 숙인 후 관장실을 나갔다.

"김현성이라… 어떤 인물인지 기대되는군."

관장실에 혼자 남은 서진철은 입가에 미소를 지으며 조용한 목소리로 중얼거렸다.

* * *

어느덧 시간이 흘러 일요일이 되었다.

고심 끝에 이대식에게 연락한 현성은 주말에 보기로 약속을 잡았다. 그리고 지금 문학산 자락에 와 있었다.

"역사 유물 박물관이라……."

현성은 멀리서 보이기 시작하는 박물관 정문 입구를 바라봤다.

설마 이대식이 만나기로 한 장소가 박물관이었을 줄이야.

그리고 정문 너머로 보이는 박물관을 바라본 현성의 눈에 이채가 서렸다.

'미약한 결계가 느껴지는군. 이건 마법진인가?'

현성은 박물관이 위치해 있는 장소에서 미약하지만 광범위한 마나의 기운을 느꼈다.

아마도 그 때문에 박물관에 일반인이 없는 모양이었다.

광범위하게 느껴지는 마나의 기운이 일반인의 지각 능력을 방해하여 박물관이 있는 장소를 인식하지 못하게 만들고 있었던 것이다.

하지만 그렇다고 해서 지각 인식능력을 방해하는 마법진은 만능이라고는 할 수 없었다.

현성처럼 마나의 기운이 강하거나, 이 장소에 박물관이 있다는 사실을 명확하게 알고 있으면 무용지물이 되기 때문이다.

현성은 천천히 박물관을 향해 발걸음을 옮겼다.

"오셨군요. 기다리고 있었습니다."

외정문 입구에 도착하자 검은색 양복을 입은 이대식이 현성에게 다가와 인사를 건넸다.

"다시 만나서 반갑습니다."

현성은 이대식을 바라보며 웃어 보였다.

'마법 협회가 어떤 조직인지 철저하게 파헤쳐 주마.'

물론 본심은 아무도 알지 못하게 숨긴 채로.

"제가 더 반갑지요."

현성을 바라보는 이대식의 얼굴에서는 웃음꽃이 떠나지 않았다. 현성처럼 마나의 잠재력이 뛰어난 자가 마법 협회에 가입하게 된다면 자신의 실적도 크게 올라가기 때문이다.

이대식의 환영에 현성은 미소를 지으며 박물관의 입구라고 할 수 있는 정문을 살펴봤다.

정문 바로 옆에는 경비실이 있었으며, 삼십 대로 보이는 경비원의 눈빛이 예사롭지 않았다.

분명 그도 마법 협회와 연관이 있는 인물이리라.

"자, 그럼 이쪽으로 오십시오. 관장님께서 기다리십니다."

이대식의 말에 고개를 작게 끄덕인 현성은 박물관 내부로 발걸음을 옮기기 시작했다.

어느덧 현성은 박문관 건물 안에 있는 관장실 앞에 섰다. 그러자 현성을 데리고 온 이성재가 관장실 문을 노크했다.

"들어오게."

문 너머에서 중년 사내의 굵직한 목소리가 들려왔다. 그 소리에 이성재는 현성을 돌아봤다.

"저는 여기까지입니다. 안으로 들어가십시오."

이성재의 말에 고개를 살짝 끄덕이며 대답한 현성은 관장실 문을 열었다.

관장실은 꽤 넓었다. 양 옆벽에는 각종 책들과 도자기 등이 전시되어 있는 벽장이 있었으며, 중앙에는 테이블을 중심으로 여러 개의 소파가 원형으로 놓여 있었다. 그리고 정면에서 보이는 창가 근처에 고급 원목의 책상이 자리를 잡고 있는 모습이 보였다.

"자네가 이번에 새로 협회에 들어오려고 하는 학생인가?"

책상 의자에 앉아 있는 중년 사내가 현성을 보더니 입을 열었다. 현성은 중년 사내를 바라봤다.

고집이 있어 보이는 강인한 인상. 그리고 그의 눈빛에서 깊고 무거운 연륜을 느낄 수 있었다.

"예. 김현성이라고 합니다."

"만나서 반갑군. 나는 인천 역사 유물 박물관의 관장 서진철이라고 하네. 그렇게 서 있지 말고 여기 와서 앉게."

현성의 대답에 중년 사내는 씩 웃으며 자리를 권했다.

"감사합니다."

한차례 고개를 살짝 끄덕인 현성은 관장실 중앙에 있는 소파에 다가가 앉았다. 관장실 안에는 중년 사내밖에 없었다.

"이 대리에게 이야기를 들었네. 장래가 기대되는 유망주라고 하더군."

"과찬입니다."

현성은 고개를 숙였다. 그러자 중년 사내, 서진철의 고집스러워 보이는 얼굴에서 작은 미소가 그려졌다.

"겸손도 보일 줄 아는군. 아무튼 만나서 반갑네. 역사박물관에는 처음이지?"

"유감스럽게도 그렇습니다. 지금까지 살면서 박물관에 와 볼 기회가 없었으니까요."

현성은 18년간 현대에서 살아오면서 박물관은 이번이 처음이었다. 그리고 처음은 박물관만이 아니었다.

"마법도 그런가?"

서진철은 의미심장한 목소리로 물었다.

그 말에 현성은 약간 놀란 모습을 보였지만 이내 고개를 끄덕이며 입을 열었다.

"예……."

지금 현성은 마법에 대해 모른다는 입장으로 와 있었다. 그러니 마법에 대해 물어오자 일부러 놀란 척한 것이다.

그렇다고 해서 크게 티를 내지는 않고 살짝 긴장한 모습을 보이기만 해도 충분했다.

"흠."

그리고 현성의 대답을 들은 서진철은 턱을 쓰다듬으며 생각에 잠겼다.

'마법이 처음이라.'

서진철은 병원에서 깨어난 이후 현성이 벌인 일들을 조사를 통해 알고 있었다. 현성이 일으킨 일들을 보면 마법을 사용한 게 아닐까 의심이 들 수밖에 없었다.

그래서 직접 만나보았지만 현성이 정말 마법을 배웠는지 배우지 않았는지 판단하기가 힘들었다.

하긴, 그럴 수밖에.

현재 현성과 서진철 관장은 서로 똑같은 3클래스 마스터 상태였다. 서로 같은 클래스였기에 상대방이 마법사인지 아닌지 직접 마법을 시전하지 않는 이상 알 수 없는 노릇이었다.

그뿐만이 아니다.

본래 현성은 8클래스를 마스터한 대마법사다. 같은 3클래스 마스터라고 해도 질적인 수준 차이가 날 수밖에 없으며, 그 때문에 현성이 마법사인지 아닌지 분간 할 수 없었다.

거기다 이미 현성은 빈틈없이 대비를 해놓았다.

3클래스 마법인 하이드 마나 포스로 자신의 마나량을 숨기고 있었다.

물론 자신의 마나를 전부 숨긴 건 아니었다. 세계 미스테리 유물 전시전에서 수정 해골과 반응한 만큼의 마나량을 드러내고 있었던 것이다.

현성의 치밀한 함정이었다.

그 때문에 서진철은 현성의 몸에서 심상치 않은 마나가 잠재되어 있다는 사실 밖에 느낄 수 없었다.

"재미있군. 그럼 지금까지 자네가 해온 일들은 대체 뭐지?"

"그건 무슨 말입니까?"

"자네에 대해 좀 알아봤네. 지난 한 달간 보여줬던 전적이 화려하더군."

"……!"

서진철의 말을 듣는 순간 현성의 미간이 살짝 찌푸려졌다.

'역시 나에 대해 조사를 한 건가?'

현성은 그들이 접촉해 왔을 때, 자신에 대해 조사를 했을 거라 예측하고 있었다.

하지만 막상 자신도 모르는 사이에 뒷조사를 했다는 소리에 기분이 좋을 리 없었다.

"제 뒷조사를 한 겁니까?"

"물론이다. 마법 협회는 비밀 결사 조직. 마법 입문자에 대해 조사를 하는 것은 기본이지."

서진철은 무거운 목소리로 당연하다는 듯이 말했다. 그리고 현성을 의심스러운 눈으로 바라봤다.

"그런데 자네는 정말 마법을 배우지 않았나?"

"배우지 않았습니다."

서진철의 물음에 현성은 망설이는 기색 없이 단숨에 대답했다. 지금 자신은 마법에 대해 문외한이라는 입장으로 한국 마법 협회 지부에 온 것이다.

현성은 끝까지 마법에 대해 모르쇠로 일관할 작정이었다.

"허. 이것 참 알 수 없는 노릇이군. 그럼 대체 어떻게 혼자서 서른 명이나 되는 불량배를 쓰러뜨린 건가?"

"요즘 불량배들은 생각보다 허약하더군요."

현성은 얼굴 빛 하나 바뀌지 않고 태연스럽게 대답했다.

그러자 서진철의 얼굴에 웃음이 걸렸다.

"호오? 자살을 시도하기 전에는 고작 몇 명 안 되는 불량아들의 심부름꾼 노릇을 하던 자네가 말인가?"

"무슨 말을 하고 싶으신 겁니까?"

"나는 단지 알고 싶을 뿐이라네. 자살 시도를 전후로 달라진 자네의 성격과, 병원에서 혼수상태에 빠져 있을 때 대체 무슨 일이 일어났었는지 말이야."

"……!"

현성은 날카로운 눈으로 서진철을 노려봤다.

확실히 자신에 대해 제대로 조사했다면 의문을 가질게 당연했다. 자살을 시도한 후 다시 깨어난 현성은 완전히 달라져 있었으니까.

"그리고 우리들은 이미 자네가 뒷세계에서 활약 중이던 후광파를 혼자서 제압했다는 사실도 알고 있네."

그 말에 현성은 놀랄 수밖에 없었다.

설마 후광파에 대해서도 알고 있을 줄이야.

"거기까지 조사를 한 겁니까?"

"물론이지. 우리 정보원은 유능하거든."

서진철의 웃는 말을 들으며 현성은 완전히 발뺌을 할 수 없을 것 같다고 판단했다.

우우웅.

현성은 몸 안에 존재하고 있는 마나를 구동시켰다.

"음? 이건……."

갑자기 현성으로부터 무시하기 힘들 정도의 마나가 느껴지자 서진철은 놀란 표정을 지었다.

"마법에 대해선 저도 잘 모릅니다. 하지만 제 몸에는 보다시피 강한 기운이 잠재되어 있지요."

"대, 대단하군. 수정 해골이 감지한 마나가 이거란 말인가?"

"예. 이 대리님 말로는 그렇다고 하더군요. 제 몸에는 강한 마나가 잠재되어 있다고요."

"확실히 그렇군. 지금 느껴지는 마나랑만 해도 1서클은 족히 되겠어."

서진철은 혀를 내둘렀다. 진정한 천재는 바로 눈앞에 있는 소년을 두고 하는 말 같았다. 1서클은 아무리 마나의 재능이 있어도 오랜 기간 수련을 해야 만들 수 있는 수준이라고 할 수 있다.

그런데 지금 현성의 몸에서 1서클의 마나와 동일한 기운이 느껴지고 있었던 것이다.

단지 무작위 적으로 기운을 내뿜고 있는 것만으로도!

"그리고 저는 단전호흡을 배운 적이 있습니다. 그때의 기억을 떠올려서 기운을 조종하는 법을 터득했지요. 그 결과 이 기운을 사용하면 신체 능력을 강화시킬 수 있다는 사실을 깨달을 수 있었습니다."

"과연. 그 힘으로 후광파를 상대했다는 말인가?"

"예."

현성은 고개를 끄덕이며 대답했다.

실제로 이 방법은 이드레시안 차원계에서 소드 마스터급 기사들이 사용하고 있었다. 그리고 그것을 응용해서 현성이 만든 기술이 바로 신체강화술, 레이포스였다.

"확실히 마나를 이용한 신체 능력 강화가 불가능한 일은 아니지. 최근에는 그와 관련된 연구가 활발히 진행되고 있으니 말이야."

서진철은 현성의 말을 납득했다.

하지만 근본적인 의문이 남아 있었다.

"그럼 대체 자네의 그 마나랑은 대체 뭐지?"

그 말에 현성은 서진철을 쳐다보더니 고개를 흔들었다.

"모릅니다."

"모른다고?"

서진철은 어처구니없다는 표정으로 현성을 바라봤다.

현성이 가지고 있는 마나량은 절대 무시할 수 없었다. 저만한 양의 마나를 모으려면 대체 몇 년을 수련해야 할까?

아무리 못해도 최소 5년 이상은 수련해야 할 것이다.

그런데 그만한 마나를 가지고 있으면서도 출처를 모른다니?

"다만 혼수상태에서 깨어나고 얼마 지나지 않아 몸 안에 무언가 있다는 사실을 알 수 있었습니다."

"그 말은 병원에서 깨어났을 때 이미 마나를 가지고 있었다는 말인가?"

"예. 이 기운이 마나라는 사실은 얼마 전에 알게 되었지만요."

"흠……."

서진철은 잠시 생각에 잠겼다.

자살을 시도 후, 한 달간 사경을 헤매며 깨어났을 때 이미 마나를 가지고 있었다라…….

'죽음의 문턱에서 잠재 능력이 활성화된 것인가? 아니면 무언가 다른 이유가……?'

서진철은 마법사로서 현성이 처한 상황에 대해 분석을 시작했다. 그리고 몇 가지 가설이 떠오르긴 했지만, 증명을 할 수 없는 이상 가설은 어디까지나 가설에 지나지 않았다.

"알겠네. 아무래도 자네는 특수한 케이스인가 보군. 자네가 혼수상태에 빠져 있을 때 무언가 있었던 것만큼은 확실해."

"저도 그렇게 생각합니다. 하지만 제가 혼수상태에 빠져 있을 때 대체 무슨 일이 있었는지는……."

현성은 말꼬리를 흐렸다.

사실 현성은 이 대리에게 연락을 해서 마법 협회에 들어가기로 결심했을 때, 이미 몇 가지 콘셉트를 잡아놓고 있었다.

마법에 대해서는 모르쇠로 일관하며, 마나에 대해서도 혼수상태에서 깨어나니 이미 생겨나 있었다고 말이다.

"차차 생각해 보면 되겠지. 아무튼 지금 중요한 건 앞으로 자네가 무엇을 할 것인지, 무엇을 하고 싶은 건지 정하는 일이니까."

아무래도 서진철은 본론으로 들어가고 싶은 모양이었다.

하지만 그전에 서진철은 현성에게 묻고 싶은 것이 있었다.

"그런데 몇 가지 물어볼 것이 있네."

"물어보십시오."

"자네는 어째서 자살을 선택한 것인가?"

서진철은 현성에게 기습적인 질문을 던졌다.

제 2 장
마법 협회 가입

"……."

현성은 침묵했다.

자신이 자살이라는 잘못된 선택을 했다는 사실은 이미 오래전부터 뼈저리게 깨닫고 있었다.

가족들에게 걱정을 끼쳤으며, 현성 자신만 하더라도 이드레시안 차원계에서 갖은 고생을 하게 되었으니 말이다. 아니, 그 이전에 현성은 삶과 생명에 대해 깊게 생각해 본 적이 없었다.

하지만 이드레시안 차원계에서 새로운 삶을 살면서 자신이 얼마나 생명에 대해 생각하지 않고 무신경하게 살았는지 되돌아 볼 수 있었다.

"그 얼굴을 보니 무언가 깨달은 바가 있나 보군."

그 말에 현성은 고개를 끄덕였다.

"생명의 소중함을 배웠습니다."

이드레시안 차원계에서 현성은 전쟁으로 수많은 사람들이 죽어가는 모습을 지켜봤다.

죽고 싶지 않아 하던 자들과, 남겨진 자들이 슬퍼하는 모습을 지난 60년간 옆에서 지켜본 것이다.

그들을 볼 때마다 현성은 자신의 어리석은 선택과 남겨진 가족들의 모습이 떠올랐다.

또한, 그들의 삶을 지켜보며 무엇 하나 소중하지 않은 생명이 없다는 사실을 깨달았을 때, 현성은 7클래스의 벽을 돌파했다. 그 순간 중요한 사실 하나를 깨달을 수 있었다.

"그리고 생명이 지닌 무거움도요."

현성이 7클래스로 올라서고 나서야 알게 된 것이 바로 생명의 무거움이었다.

생명이 소중하다거나 살인이 나쁘다는 것은 누구나 다 아는 사실이다. 하지만 현성이 말하는 생명에 대한 의미는 근본적으로 달랐다.

그저 막연히 하면 안 되는구나가 아니라 그 죄를 지었을 때 정확히 무슨 일이 생기는지 알 수 있게 된 것이다.

살인을 하게 되면, 업(業)과 한(恨)이 붙는다.

죽은 자들의 원망과 남겨진 자들의 슬픔이 응어리지기 때문이다. 업과 한이 쌓이고 쌓이면 부메랑이 되어 되돌아온다.

즉, 인과응보를 받게 된다는 소리였다.

"호오, 생명의 소중함과 무거움이라……."

현성의 말을 들은 서진철의 눈빛에 이채가 살짝 서렸다.

그저 가족들에게 미안하고 자신이 잘못을 했다는 말을 할 거라 생각했던 것이다.

그런데 이런 심계가 느껴지는 말을 할 줄이야.

"나이에 맞지 않는 말이로군. 하지만 틀린 말은 아니야. 요즘 같은 경쟁 상회에서는 불필요한 말이지만, 마법사로서… 아니, 인간으로서 항상 생각하고 있어야 할 화두이지."

"……!"

서진철의 말에 현성은 그를 놀란 눈으로 바라봤다.

설마 서진철이 좋은 말을 할 줄은 몰랐던 것이다.

'흠. 마법 협회라는 단체는 적어도 사리사욕을 채우는 곳은 아닌 것 같군.'

현성은 마법 협회에 대해 평가를 다시 내렸다.

하지만 아직 알 수 없는 일이었다. 그들의 내부로 들어가 마법 협회에서 무슨 목적을 가지고 마법을 사용하고 있는지 조사할 생각이었으니 말이다.

그리고 확실히 서진철의 말대로 요즘 현대인들은 생명을 경시하는 경향이 있었다.

그 때문에 인터넷에서 조금만 검색을 해봐도 살인이나 자살 같은 정보가 수두룩하게 나온다.

현대 사회를 살아가는 사람들의 마음이 각박하다는 증거였다.

"하지만 솔직히 놀랐네. 자살을 시도했었다는 보고를 들었을 때는 실망스러웠지만 지금의 자네는 마음에 드는군."

"감사합니다."

현성은 고개를 살짝 숙이며 답했다.

그런 현성을 서진철은 만족스러운 얼굴로 바라봤다. 몇 가지 걸리는 일이 없잖아 있지만 눈앞에 있는 소년은 생명의 소중함을 알고 있었다.

그것 하나만으로도 현성이 악인이 아니라는 사실을 알 수 있었으며, 무엇보다 현재의 현성은 전혀 나약해 보이지 않았다.

'하긴, 나약한 정신 상태를 가지고 있다면, 뒷세계의 조직과 싸우려 하지는 않았을 테지.'

아무리 힘을 가지고 있다고 해도 겁쟁이는 싸우지 않는다. 싸울 용기와 의지가 없기 때문이다.

'우리로서는 다행스러운 일인가?'

서진철은 속으로 피식 웃었다.

확실히 현성을 스카우트한 이 대리의 보고대로 눈앞에 있는 소년은 탐이 나는 인재였다.

아직 마법도 배우지 않았음에도 불구하고 벌써 마나를 컨트롤할 줄 알았으며, 이미 1서클에 달하는 마나를 가지고 있었으니까.

하지만 마법 협회는 나약한 정신을 가진 자가 들어올 만큼 호락호락한 곳이 아니었다. 만약 현성이 나약한 정신 상태였다면 서진철은 주저 없이 그를 내쳤을 것이다.

"그런데 현성 군. 자네는 사람이 살아가면서 가장 중요한 게 무엇이라 생각하나?"

갑자기 서진철이 현성에게 돌발성 질문을 던졌다.

이 질문을 서진철은 마법 협회에 입회하려고 했던 인물들에게 계속 던져왔다.

말하자면 간단한 테스트였다.

"……."

현성은 잠시 생각에 잠겼다.

지금까지 서진철과 나누고 있는 대화의 전체적인 흐름을 본다면 생명이 중요하다고 생각할 수 있었다.

하지만 현성은 고개를 흔들었다.

얼핏 보면 간단한 질문으로 보이지만, 조금만 생각해 보면 결코 간단하지 않았다.

사람이 살아가면서 가장 중요한 것.

그것은 물질적인 것일 수도 있고, 정신적인 것일 수도 있었다. 또한 사회적인 측면에서 본다면 그것은 두말할 필요도 없이 돈이었다. 이 세상은 돈이 없으면 아무것도 할 수 없지만, 돈이 있으면 그 무엇이든 할 수 있으니까.

그야말로 물질만능주의 사회라고 할 수 있었다.

하지만 현성의 생각은 달랐다.

이드레시안 차원계에서 지내온 60년 동안 현성은 인생을 살면서 중요한 것들을 배워왔다.

또한, 현성은 마법사다. 그리고 현성의 눈앞에 있는 서진철도 마법사였다.

그렇다면 대답은 한 가지!

"그것은 마음입니다."

"왜 그렇게 생각하지?"

"모든 것은 마음먹기에 달려 있으니까요."

그 말대로였다.

마음을 어떻게 먹느냐에 따라 세상은 여러 가지로 보인다.

서진철의 질문은 물질에 사로잡혀 사는 대부분 사람들이라면 거의 대부분 돈이라고 대답했을 터였다.

물론 그 대답도 틀렸다고는 할 수 없었다.

하지만 현성이 대답한 마음은 모든 것을 포괄한다.

마음먹기에 따라 무엇이든지 할 수 있으니까.

생명을 죽이는 것도, 살리는 것도.

성공을 하는 것도, 실패를 하는 것도.

마음을 어떻게 먹느냐에 따라 결과가 달라진다.

만약 현성이 마음을 강하게 먹고 있었다면 결코 자살 같은 최악의 실수를 선택하지 않았으리라.

"하하핫!"

현성의 대답에 서진철은 만족스러운 너털웃음을 터뜨렸다. 흡사 사자후처럼 우렁찬 웃음소리였다. 그리고 얼마 지나지 않아 거짓말처럼 서진철의 웃음소리가 뚝 끊겼다.

"대단하군. 그 나이에 벌써 마법의 본질을 꿰뚫어 보고 있다니."

마법이란 기본적으로 수식과 연산을 바탕으로 마나를 움직여서 발동을 시킨다. 여기서 마나를 움직이는 것은 마법사의 의지, 즉 마음의 작용이다.

마법에 있어서 강함은 마나의 양과 질이 좌우하기는 하나 마법사 본인의 정신과 의지, 즉 마음에 따라 마법의 성공과 위력이 결정되는 것이다. 그만큼 마음의 힘은 다양하게 활용할 수 있으며 영향력도 무시할 수 없었다.

"자네 말대로야. 삶을 살아가는 데 있어서 중요한 것은 바로 마음을 다스리는 일이지. 마음먹기에 따라 이 세상은 천국이 될 수 있고, 지옥이 될 수도 있다. 그리고 그것이 바로 마법이 추구하고 있는 본질이기도 하고."

"마법의 본질… 말입니까?"

"그래. 마음을 통해서라면 자신이 원하는 일을 이룰 수 있거든. 마법은 바로 그러한 바탕에서 이루어지지."

"그렇군요."

현성은 서진철의 말에 맞장구를 치며 고개를 끄덕였다.

서진철의 말은 틀리지 않았다. 현성 또한 서진철과 같은 생각을 하고 있었던 것이다.

마음의 작용에 대해 확실히 인지하고 있으면서 무언가를 강하게 염원하면 원하는 일을 이룰 수 있었다.

서진철의 말대로 마법 구현은 바로 그러한 바탕에서 이루어지는 일이었으니까.

"현성 군. 자네는 마법을 무엇이라 생각하나?"

현성은 자신을 지긋이 바라보며 말하는 서진철을 물끄러미 바라봤다. 현성이 생각하는 마법이란 다름 아닌 마음의 발현이었다.

하지만 자신의 생각을 순순히 말할 수 없었다.

"글쎄요… 아직 마법에 대해 모르는 제가 그것을 알 수 있겠습니까? 당연히 모르지요."

현성은 서진철을 바라보며 긴장의 끈을 늦추지 않았다. 현성은 마법에 대해 모르는 것으로 일관하고 있었다.

그런 자신에게 마법이 무엇인지 물어오다니?

'방심할 수 없는 작자로군.'

서진철은 마법이 무엇인지 물어보기 전에 마음에 대해 이야기했다. 그 때문에 현성은 하마터면 마법이 마음의 발현이라고 자연스럽게 대답할 뻔했던 것이다.

'하지만 그것은 고위 마법사가 되지 않는 이상 알 수 없는 사실이지.'

그렇지 않아도 현성은 종종 서진철이 심중을 알 수 없는 눈빛을 보일 때가 있음을 간파하고 있었다.

분명 자신을 의심하고 있을 터.

그 때문에 현성은 서진철의 앞에서 만큼은 신중하기로 마음먹었다.

"그렇군. 자네는 아직 마법을 배우지 않았었지."

현성의 대답에 서진철은 눈을 빛냈다. 방금 현성은 아슬아슬하게 서진철의 유도성이 짙은 질문을 피해간 것이다.

'보면 볼수록 탐이 나.'

아직 마법을 배우지 않았으면서도 오랜 세월 마법에 정진해야 깨달을 수 있는 경지를 이미 알고 있지 않나, 이미 1서클에 달하는 마나량을 가지고 있지를 않나.

그뿐만이 아니라 눈앞에 있는 소년은 매사에 신중해 보였으며, 어딘가 모르게 믿음직스러운 모습을 보이고 있었다.

사람을 신뢰하게 만드는 분위기가 소년에게서 감돌고 있었던 것이다.

마치 서진철이 지금 이 자리에 있도록 만들었던 카리스마와 같은 분위기가!

"어떤가? 마법 협회에 들어와서 마법을 배워보지 않겠나?"

서진철은 진지한 얼굴로 현성에게 제안했다.

무슨 수를 써서라도 눈앞에 있는 소년을 붙잡고 싶었다.

잠깐 동안 대화를 나눈 결과, 이 대리의 보고는 틀리지 않았다. 아니, 오히려 과소평가되어 있다고 생각될 정도였다.

서진철의 눈에는 현성이 마법적인 재능뿐만이 아니라 리더로서의 자질도 갖추고 있는 것으로 보였으니 말이다.

"오히려 제가 부탁드리고 싶은 참이었습니다. 잘 부탁드립니다."

"그런가? 잘되었군. 늦었지만 인사하지. 마법 협회에 온 것을 환영하네."

서진철은 크게 웃으며 현성의 손을 잡았다.

그렇게 현성은 마법 협회 내부에 잠입하여 조사를 하기 위해서, 그리고 서진철은 유능한 마법사를 발굴했다고 생각하면서 그들은 서로 다른 생각을 품으며 악수를 나눴다.

마법 협회에 가입하기로 결정을 내린 현성은 역사박물관에서 바쁜 하루를 보냈다. 마법 협회 한국 지부는 일단 역사박물관으로 위장되어 있었다.

그 때문에 현성은 표면적으로 역사박물관의 인턴사원이 되기 위한 서류 작성이나 마법 협회에 들어가기 위한 절차 등을 거쳐야 했다.

아직 나머지 입회 절차가 남아 있었지만 첫날인 만큼 서진철 관장과 면접을 끝내고 서류를 작성한 현성은 집으로 돌아왔다.

"마법 협회 조직이라… 생각보다 나쁜 곳은 아닌 것 같군."

늦은 밤. 집으로 돌아와 방 안의 침대에 혼자 누운 현성은 오늘 있었던 일들을 떠올렸다.

아직 마법 협회에서 무슨 일을 하고 있는지 모르지만, 지부장인 서진철 관장의 첫인상은 그리 나쁘지 않았다.

"하지만 속단은 금물이지. 그리고 아직 나를 의심하고 있는 모양이고."

마법 협회에 들어가서 그들의 신뢰를 얻기 전까지 현성은 조용히 있을 생각이었다.

"남은 건 기다리는 것뿐인가."

서진철 관장은 모든 절차가 끝나면 현성에게 사람을 보내주겠다고 했다.

"기대되는군."

현성은 작은 미소를 입가에 지었다.

* * *

며칠이 흘렀다.

그동안 현성은 정말 평범한 생활을 보내고 있었다.

아직 고등학생에서 벗어나지 못한 만큼 학교와 집을 오가며 공부를 하고 있었던 것이다.

그리고 한진상이 전학을 가게 된 후, 현성을 걸고 넘어지는 사람은 없었다.

그 이유 중 하나가 바로 남호걸 때문이었다.

한진상이 사라지기 전에도 학교를 잡고 있던 일진은 남호걸이었지만, 알 만한 사람들은 다 알고 있었다.

남호걸을 뒤에서 조종하는 사람이 바로 한진상이었다는 사실을 말이다.

하지만 현성의 손에 의해 한진상이 사라진 후, 남호걸은 학교를 휘어잡았다.

학교 내의 불량배들을 통솔 관리하기 시작했으며, 그 덕분에 학교에서 왕따를 당하거나 괴롭힘을 당하는 아이들이 급감했다. 선생님들과 학생들의 시선이 달라졌음은 두말할 필요도 없었다.

그렇게 학교를 휘어잡은 남호걸이 좋아 죽을 정도로 붙어다니는 인물이 있었다.

다름 아닌 현성이었다.

"호걸 형님. 이제 그만 좀 붙어 다니십시오. 주변 사람들 시선도 좀 생각해 주시지 않겠습니까?"

방과 후 하교길.

현성은 등 뒤에 찰떡같이 붙어서 따라오고 있는 남호걸을 향해 돌아보며 말했다.

그러자 남호걸은 피식 웃음을 흘릴 뿐이었다.

"에이, 왜 이래? 우리가 어디 주변 사람들 시선에 신경을 써야 하는 사이냐?"

"그런 말이 오해를 불러일으킨단 말입니다."

남호걸의 말에 현성은 한숨을 내쉬었다.

남호걸의 저런 태도 때문에 지금 학교에는 이상한 소문이 나돌고 있었다. 특히 여학생들 사이에서.

현성은 주변을 한번 쓱 둘러봤다.

"꺄아! 이쪽을 봤어!"

그러자 여기저기에서 여학생들의 환성이 들려왔다.

연예인을 봤을 때 못지않은 반응들이었다.

하긴 그럴 수밖에.

최근 평판이 좋아진 남호걸은 남자다운 얼굴에 건장한 체격을 가지고 있었으며, 현성은 우중충한 예전과는 달리 첫인상이 깔끔해져 있었다.

마법 수련뿐만이 아니라 체력 단련도 매일 하고 있는 터라 혈색과 체격이 좋아진 탓에 잘생겨 보였던 것이다.

그런데 그 둘이 하루 종일 붙어 다니고 있었으니, 무료한 대한민국 고등학교 생활에서 여학생들의 좋은 이야기 소재가 아닐 수 없었다.

"뭐 어때? 네가 인기가 많아져서 그런 거지."

"그런 문제가 아니지 않습니까?"

태연자약한 남호걸의 말에 현성은 한숨이 절로 나왔다.

확실히 남호걸의 말대로 현성은 학교에서 인기를 끌고 있었다. 외모가 잘생겨 보인 것도 있지만, 최근 학교 성적도 좋아지고 운동에서도 두각을 보이고 있었던 것이다.

"아무튼 오늘이야말로 약속을 받아내고 말테다."

"아직도 포기하지 않으신 겁니까?"

"당연하지! 사나이 남호걸, 포기란 있을 수 없다!"

"하……."

현성은 고개를 절레절레 흔들더니 이마를 짚었다. 그리고 불타는 눈으로 자신을 바라보는 남호걸을 바라봤다.

오래전부터 현성은 남호걸에게 여동생을 만나달라는 부탁을 종용 받고 있었지만, 지금까지 온갖 구실로 피해오고 있었다.

'마법 협회의 일도 있고, 수련도 해야 하니 말이야. 아니, 애초에 손녀뻘인 애들을 내가 왜 만나야 한단 말인가?'

현성은 남호걸의 의도를 훤히 꿰뚫어 보고 있었다.

분명, 남호걸은 자신의 여동생과 현성이 어떻게든 엮이기를 바라고 있을 터.

하지만 현성의 입장에서는 남호걸이나 그의 여동생이나 아직 머리에 피도 안 마른 어린애들에 지나지 않았다.

그 때문에 지금까지 남호걸의 여동생인 남효연과 만나지 않고 있었던 것이다.

"여하튼 전 이만 먼저 가보겠습니다. 집에 급한 볼일이 생겨서 말이죠."

그 말을 남긴 현성은 주저 없이 등을 돌리더니 발걸음에 박차를 가하며 달리기 시작했다.

"어, 어이! 현성아!"

갑작스러운 현성의 행동에 남호걸은 놀란 얼굴로 현성을 불렀다. 하지만 이미 현성은 저만치 멀어져 있었다.

"어, 엄청 빠르네……."

순식간에 멀어져가는 현성의 등을 바라보며 남호걸은 혀를 내둘렀다.

"결국 오늘도 실패로구나, 에혀."

대체 여동생에게 또 뭐라고 변명을 한단 말인가?

남호걸은 한숨을 푹 내쉬었다.

한편, 남호걸을 떨쳐낸 현성은 느긋한 걸음걸이로 집을 향해 가고 있었다.

위이이이잉!

순간 호주머니에 있는 스마트폰에서 진동이 왔다.

"누구지?"

의아한 얼굴로 현성은 주머니에서 스마트폰을 꺼내 들었다. 발신자는 현아였다.

"아, 오빠!"

스마트폰을 받자마자 여동생의 밝은 목소리가 들려왔다.

현성은 부드러운 목소리로 입을 열었다.

"현아구나. 무슨 일이니?"

"한 가지 부탁하고 싶은 일이 있어서. 그런데 지금 어디야?"

"집에 가고 있지."

"그래? 그럼……."

현아는 한 템포 말을 늦췄다.

"오빠, 나 배고파. 올 때 떡볶이 좀 사주면 안 될까?"

"떡볶이? 밥은 안 먹고 웬 떡볶이야?"

"집에 밥 없어. 엄마도 아직 안 돌아왔고 오래간만에 떡볶이가 먹고 싶어서. 사다 주면 안 돼?"

현아의 대답에 현성은 생각에 잠겼다.

'떡볶이라… 뭐, 오랜만에 먹는 것도 나쁘진 않겠지.'

"알았다. 집에 갈 때 사 가지고 들어갈게."

"응! 고마워, 오빠!"

그 말을 끝으로 여동생과의 통화는 끝이 났다.

이윽고 현성은 만족스러운 미소를 지었다.

과거 여러 가지 벌어졌던 사건들 이후 현아의 태도가 눈에 띄게 부드러워졌기 때문이다.

'앞으로도 오빠 노릇 좀 제대로 해야겠군.'

그렇게 현성은 여동생의 부탁을 들어주기 위해 몸을 돌렸다.

“그나저나 떡볶이 집이 어디에 있었더라…….”

현성은 과거의 기억을 떠올리기 시작했다.

“그러고 보니 자주 어묵꼬치탕을 먹으러 가던 포장마차가 하나 있었지.”

현성은 빙그레 웃었다.

오랫동안 가슴속에 묻어 두고 있었던 소중한 기억이 떠올랐던 것이다.

현성은 그때의 기억을 떠올렸다.

때는 학교에서 왕따를 당하며 힘들었던 고교시절.

늦은 저녁 시간에 짜증나는 학교생활과 아무것도 모르면서 공부나 하라고 설교를 늘어놓는 부모님과 대판 싸우고 무작정 집을 나갔던 일이 있었다.

그리고 하필이면 초겨울이었던 때라 날도 추웠으며 저녁도 먹지 않고 나온 터라 배가 많이 고팠었다.

그렇게 정처 없이 어두운 밤거리를 돌아다니던 현성의 눈앞에 포장마차 하나가 보였다.

그곳에서 흘러나오는 맛있는 음식 냄새에 이끌린 현성은 자기도 모르게 포장마차 안으로 들어갔다.

하지만 지갑도 없이 집을 나온 탓에 돈이 없었다. 황급히 주머니를 뒤져보니 다행스럽게도 오백 원짜리 하나가 나왔다.

그 돈으로 어묵 하나를 사서 게 눈 감추듯이 먹어치운 것도 모자라 어묵 국물을 수도 없이 퍼먹었다. 배가 너무 고팠기 때문이다.

그렇게 염치없이 얼마나 국물을 떠먹을까.

포장마차 아주머니가 현성에게 종이 하나를 내밀었다.

―학생, 배고프지? 이거 팔다가 남은 거니까 그냥 먹어도 돼.

알고 보니 아주머니는 말 못하는 벙어리셨다.

그 때문에 대화를 할 때는 종이에 글을 써서 하는 모양이었다. 그리고 아주머니는 현성을 향해 다정한 미소를 지어 보이며 떡볶이 한 접시를 내주셨다.

그때가 현성이 살면서 처음으로 다른 사람에게 받아본 호의였다. 현성은 허겁지겁 떡볶이를 집어 먹었다.

먹고 있는데 자기도 모르게 코끝이 찡해지면서 눈물이 났다.

그렇게 눈물의 떡볶이를 먹고 난 후, 현성은 아주머니에게 정말 감사해 했다.

그 후 현성은 종종 포장마차에 찾아가 오뎅이나 떡볶이를 사먹었다. 그리고 언젠가 반드시 아주머니에게 은혜를 갚아야겠다고 생각했다.

'하지만 그 후 얼마 지나지 않아 나는 자살을 선택하고 말

았지.'

현성은 씁쓸한 미소를 지었다. 포장마차 아주머니의 호의를 받은 다음 해에 자살을 선택했던 것이다.

"지금도 과연 있을까?"

시기적으로 본다면 현성이 포장마차 아주머니의 호의를 받고 나서 아직 1년이 채 되지 않았다.

어쩌면 아직도 포장마차를 하고 있을 지도 몰랐다.

"현아의 부탁도 있고 하니 오랜만에 한번 가봐야겠군."

현성은 작은 미소를 지으며 포장마차가 있는 곳을 향해 발걸음을 옮겼다.

예전 기억을 더듬으며 포장마차를 찾기 위해 현성은 집 근처 시장을 돌아다니고 있었다.

그때 현성의 귀에 거친 목소리들이 들려왔다.

"아, 이 아줌마가 말귀를 못 알아듣네. 여기서 장사를 할 거면 자릿세를 내야 한다고 몇 번을 말해?"

"벌써 몇 달째 자릿세가 밀린 줄 알아?"

"좋게 좋게 말할 때 내놓으시지?"

아담한 크기의 포장마차 앞.

그 앞에서 행패를 부리고 있는 삼인조가 있었다.

나이는 세 명 모두 이십 대 중후반으로 보였으며, 길거리를 지나가고 있는 사람들은 삼인조를 보고도 못 본 척 외면했다.

'뭐지, 저놈들은?'

현성은 눈살을 찌푸리며 양아치 짓거리를 하고 있는 삼인조들을 바라봤다. 하지만 자세히 바라보니 양아치가 아니라는 사실을 알 수 있었다.

삼인조의 몸에 위협적인 문신들이 새겨져 있었던 것이다.

"뭘 봐! 가던 길 안 가?"

그때 삼인조 중 한 명이 주위를 둘러보더니 큰소리를 쳤다. 그러자 지나가던 사람들은 눈이라도 마주칠까 봐 고개를 푹 숙인 채 길거리를 걸었다.

상대가 험상궂게 생긴 데다 온몸에 문신을 하고 있는 탓에 조폭이라고 생각했기 때문이다.

"으으으……."

그때 삼인조 중 한 명의 다리를 붙잡고 늘어지는 인물이 있었다.

'응? 저 사람은……?'

현성은 놀란 눈으로 그 인물을 바라봤다.

틀림없었다. 기억이 틀리지 않다면 지금 삼인조 중 한 명의 다리를 붙잡고 있는 사람은 과거에 현성에게 호의를 베풀어 주었던 포장마차 아주머니였다.

60년 만에 다시 보는 아주머니의 모습에 현성은 감개가 무량했다.

현성이 힘들고 어려웠을 때 도움을 주었던 분이었으니까.

아주머니 본인 또한 말도 못하는 입장에서 포장마차를 운영하고 있었기에 힘이 들었을 텐데도 말이다.

그런데 지금 현성을 도와주었던 포장마차 아주머니가 제대로 말도 하지 못하고 눈물을 흘리며 삼인조 중 한 명의 바짓가랑이를 붙잡고 있었다.

'저 놈들이!'

그 모습을 본 현성은 미간을 찌푸리며 성큼성큼 삼인조에게 다가갔다.

"넌 뭐냐?"

현성이 다가가자 삼인조들은 경계심이 섞인 눈으로 노려봤다가 이내 피식 웃으며 말했다.

"표정 봐라. 눈 안 까냐, 이 고딩 새끼야."

"어허, 이놈 좀 보게. 어디서 고딩 새끼가 눈을 부라리고 있어? 죽고 싶냐?"

삼인조는 눈을 희번덕거리며 현성에게 으름장을 놓았다.

"닥쳐라, 이 몰인정한 놈들아!"

현성은 눈앞의 삼인조들을 노려보며 소리쳤다.

현성이 알고 있는 벙어리 아줌마는 비록 말은 하지 못해도 하루하루를 열심히 살고 있는 사람이었다. 그리고 자신은 힘들어도 타인을 도와주려고 노력하는 사람이기도 했다.

그런데 그런 사람에게 이런 행패를 부리다니!

"이런 대가리에 피도 안 마른 놈이 미쳤나!"

"이 새끼가 지금 뭐라고 씨부리는 거야?"

"맞아야 정신 차릴 놈이로세?"

현성의 말에 삼인조들은 격분했다. 그리고 주위에 있던 사람들은 걱정과 안타까움이 깃든 눈으로 현성을 바라봤다. 한눈에 봐도 체격차이가 심한 데다 상대는 조직 폭력 집단의 조직원들이었으며 인원도 무려 세 명이었으니 말이다.

"어, 어떡해? 아직 나이도 어려 보이는데……."

"겨, 경찰에 신고를……."

때마침 포장마차가 있는 길거리에는 일곱 여덟 명 정도 되는 사람들이 지나가고 있었다.

그들 중 중 20대 여대생들이 안타까운 눈으로 발을 동동 구르며 스마트폰을 꺼내 들었다.

"야, 거기! 곱게 말할 때 폰 집어넣어라. 경찰에 신고라도 하면 확 죽여 버릴 테니까!"

"히익! 사, 살려주세요……."

조직원의 기세에 눌린 여대생은 겁을 집어 먹고 파랗게 질린 얼굴로 힘없이 자리에 주저앉았다.

주변을 정리한 조직원들은 기분 나쁜 웃음을 흘리며 현성을 포위했다.

"오늘 한번 뒤져봐라!"

조직원들은 세 방향에서 동시에 현성을 향해 달려들었다.

그러자 주변에 있던 사람들은 두 눈을 꼭 감고 고개를 돌리며 외면했다. 번듯하게 생긴 고등학생이 조직원들에게 당하는 장면을 차마 볼 수 없었던 것이다.

그 순간,

퍽! 퍽! 퍽!

둔탁한 소리가 세 번 울려 퍼졌다.

그리고 찾아온 조용한 정적.

주변에 있던 사람들은 눈을 떴다. 그 후 믿을 수 없다는 표정을 지었다.

금방이라도 고등학생을 묵사발 낼 것 같던 조직원들이 땅바닥에 쓰러진 채 신음 소리를 흘리고 있었기 때문이다.

"크……."

"뭐, 뭐야……?"

고개를 돌리고 외면했던 사람들은 물론이고 조직원들조차 방금 무슨 일이 있었는지 모르는 눈치였다.

"실망이군. 조폭이라는 것들이 겨우 이 정도밖에 안 되는 건가?"

"뭐라고?"

현성은 쓰러져 있는 조직원들을 바라보며 피식 웃었다.

"이 빌어먹을 놈이! 지금 조폭을 우습게 보는 거냐!"

그러자 조직원 한 명이 분개한 얼굴로 소리치며 자리에서 벌떡 일어나 현성에게 달려들었다. 그리고 다짜고짜 주먹을 휘둘렀다.

'헤이스트! 스트랭스!'

하지만 보조 마법을 시전한 현성은 여유롭게 몸을 좌우로 흔들며 조직원의 주먹을 피해냈다.

"이, 이 자식이……!"

"밑이 비었다."

현성은 조직원의 턱에 아래에서 위로 주먹을 꽂아 넣었다.

"으극!"

턱을 맞은 조직원은 맥없이 날아가더니 땅바닥을 나뒹굴었다.

"이런 미친!"

"감히 겁도 없이 우리 후광파를 건드리다니!"

"후광파… 라고?"

순간 현성의 눈초리가 가늘어졌다.

"흥. 이제야 감이 좀 잡히나 보지? 이 거리에서 우리 후광파를 건드리고도 무사할 거라는 생각은 버리는 게 좋을 거다."

나머지 조직원 두 명은 비릿한 미소를 지으며 현성을 바라봤다. 조금 전 현성이 보인 실력은 확실히 평범하지는 않았다.

하지만 그래 봤자 어디까지나 현성은 혼자였다.

조직을 배경으로 두고 있는 자신들의 상대가 될 리 없었다.

"그것 참 잘됐군."

하지만 현성은 조직원의 말에 피식 웃으며 폰을 꺼내 들더니 어디론가 전화를 걸기 시작했다.

"이놈이 어디서 여유를 부리고 있어!"

그러자 조직원들이 눈을 부라리며 앞과 뒤에서 현성을 향해 달려들었다.

"방해하지 마라."

현성은 미간을 찌푸리며 몸을 회전 시켰다. 그와 동시에 현성의 발이 화려한 원을 그리며 앞에서 달려오는 조직원의 머리를 향했다.

퍼억!

"끄억!"

조직원은 허공에서 몸을 한 바퀴 돌더니 땅바닥 위로 내동댕이쳐졌다. 완벽한 카운터 돌려차기였다.

"허억!"

그 모습을 본 남은 조직원은 달려오다 말고 멈췄다. 믿기지 않는 현성의 몸놀림을 보고 잠시 머뭇거린 것이다.

"마, 말도 안 돼……."

조직원은 믿을 수 없다는 눈으로 현성을 바라봤다.

"네놈들, 분명 후광파라고 했겠다?"

"그, 그렇다!"

조직원의 대답에 현성은 의미심장한 미소를 지었다.

"유감이로군. 후광파의 조직원이라면서 나에 대해 모르고 있다니."

"그게 무슨 말이냐?"

"글쎄… 과연 무슨 말일까?"

현성은 피식 웃음을 흘렸다.

현재 후광파의 보스로 있는 용 사장을 지금의 자리에 올리기 위해 현성은 많은 도움을 주었다. 용 사장과 함께 하며 후광파 내부에 있는 간부들을 하나씩 복종시켰던 것이다.

그 덕분에 후광파 내부에서 간부직에 있는 자들은 대부분 현성에 대해 알고 있었다.

하지만 정말 유감스럽게도 눈앞에 있는 후광파의 조직원 세 명은 현성에 대해 모르고 있는 모양이었다.

현성은 스마트폰으로 전화를 걸기 시작했다.

"아, 용 사장?"

—예, 형님. 오래간만이군요. 그렇지 않아도 조만간 연락을 드리려고 했던 참이었습니다.

"그래?"

오랜만에 용 사장과 대화를 나누며 현성은 미소를 지었다. 지금의 용 사장은 현성의 든든한 후원자 같은 존재였으니까.

—그런데 무슨 용무십니까?

"용 사장. 도대체 조직원들 관리를 어떻게 하고 있는 거지?"

현성은 미소를 거두며 낮게 깔린 목소리로 말했다.

—그게 무슨 말씀이십니까?

“요즘 조직에서 포장마차 자릿세를 걷기도 하나?”

—예? 포장마차 자릿세 말입니까? 음… 과거에 그런 일을 했다고 들었습니다. 하지만 한진건설이 설립된 후로는 철수한 걸로 알고 있습니다만… 저희 조직 애들이 무슨 잘못을 저질렀습니까?

“후광파의 조직원이라는 자들이 내가 신세를 진 포장마차 아주머니를 핍박하고 있더군. 이게 어떻게 된 일인가?”

—…….

현성의 말에 용 사장은 잠시 침묵했다.

—면목 없습니다, 형님. 혹시 그놈들 이름 좀 알 수 없겠습니까?

“이름?”

현성은 눈앞에 조직원을 바라봤다.

“어이. 이름이 뭐지?”

“이, 이대영인데… 앗!”

돌아가는 상황을 지켜보던 조직원은 갑작스러운 현성의 말에 자기도 모르게 본명을 입에 담았다가 황급히 입을 틀어막았다.

하지만 이미 엎질러진 물이었다.

“이대영이라고 하는군.”

—알겠습니다. 지금 당장 조치를 취하겠습니다.

현성의 대답에 용 사장은 통화를 끊었다.

"너, 넌 대체……?"

이대영이라고 이름을 밝힌 조직원은 현성을 의아한 눈으로 바라봤다. 대체 조금 전 누구와 통화를 한 것이란 말인가?

—숨을 곳도 찾지 못해 나는~

그때 이대영의 폰에서 착신음이 흘러나왔다.

"……."

"받아라."

모르는 번호로 폰이 울리자 받을까 말까 망설이는 이대영을 향해 현성이 한마디를 던진다.

그러자 이대영은 의구심이 가득한 얼굴로 폰을 받아 들었다.

"여, 여보세… 헉! 보, 보스!"

전화 통화를 시작한 이대영의 입에서 우렁찬 외침이 터져 나왔다. 이대영의 얼굴은 사색이 되어 있었다. 그리고 시간이 흐를수록 이대영의 표정이 변해갔다. 그의 표정으로 보아 무슨 내용이 오가고 있는지 대강 짐작 할 수 있었다.

"옙! 알겠습니다! 죄송합니다!"

이대영은 부동자세로 서며 폰을 들고 소리쳤다. 잠시 후, 전화 통화를 끝낸 이대영은 땅바닥에 넙죽 엎드렸다.

"큰형님을 몰라뵙습니다. 살려주십시오!"

긴장감으로 가득 차 있는 이대영의 목소리가 떨리면서 흘러나왔다.

설마 자신들의 보스가 눈앞에 있는 소년을 형님으로 모시고 있었을 줄이야!

'우린 죽었다!'

이대영은 눈앞이 캄캄했다.

대체 이 상황을 어떻게 해야 타파할 수 있단 말인가?

"사과는 나한테가 아니라 포장마차 아주머니께 해라."

"예, 옙!"

현성의 말에 화들짝 놀라며 대꾸한 이대영은 포장마차 아주머리를 향해 허리가 직각이 되도록 숙이며 용서를 구했다.

"정말 죄송합니다. 죽을죄를 졌습니다. 용서해 주십시오!"

이대영의 사과에 포장마차 아주머니는 어안이 벙벙한 표정으로 고개를 마주 끄덕였다. 조직폭력배에게 사과를 받게 될 줄은 상상도 하지 못한 일이었다.

그리고 그것은 주변 사람들 또한 마찬가지였다.

조금 전 현성이 조직원들을 때려눕히는 장면을 보고 감탄을 하고 있던 사람들은 어리둥절한 표정을 짓고 있었다.

포장마차 아주머니를 핍박하던 조직원이 갑자기 정중하게 사과를 하며 용서를 구하고 있었으니 말이다.

"대체 왜 저러는 거지?"

"뭐가 어떻게 된 거야?"

주변 사람들은 상황이 어떻게 돌아가는지 모르는 듯했다.

하지만 현성이 조직원들을 혼내주었다는 사실만큼은 알고 있었다. 주변 사람들은 어리둥절한 표정에서 이내 장하다는 얼굴로 현성을 바라봤다.

"아무튼 학생, 대단하다!"

"저기, 이쪽 좀 봐주세요!"

여기저기에서 현성을 칭찬하는 소리가 들려오기 시작했다.

그리고 현성을 향해 스마트폰을 들이대며 사진을 찍으려고 하는 사람도 있었다.

그 때문에 현성은 살며시 라이트 마법을 시전해서 얼굴을 가렸다. 만약 누군가가 사진을 찍었다고 해도 현성의 얼굴을 확인할 수 없을 것이다.

마치 렌즈 플레어가 생긴 것처럼 현성의 얼굴을 빛으로 가리고 있을 테니까.

'이거, 소동이 커져 버렸군.'

주변을 둘러본 현성은 쓴웃음을 지었다.

조직원들과 실랑이를 벌이는 사이 구경꾼들이 꽤 많이 몰려왔던 것이다.

처음에는 일곱, 여덟 명에 불과했었는데 지금은 어림잡아 봐도 스무 명 가까이 모여 있었다.

아무래도 빨리 상황을 종결시켜야 할 필요성이 있어 보였다. 이대로라면 포장마차 아주머니의 장사에도 방해가 될 테니 말이다.

현성은 바닥에 쓰러져 있는 조직원들을 가리키며 말했다.

"저 사람들 데리고 그만 돌아가라."

"예, 옙!"

현성의 말에 이대영의 표정이 살아났다.

지금 상황을 벗어날 수 있을 거라고 생각한 모양이었다.

"그, 그럼 저는 이만……."

이대영은 바닥에 쓰러져 있는 동료 두 명을 깨우더니 다짜고짜 팔을 잡고 끌었다.

그러자 당연히 조직원 두 명은 이대영의 손을 뿌리치며 현성을 향해 적의를 불태웠다.

하지만 이대영이 그들의 귓가에 대혹 몇 마디를 소곤거리자 이내 사색이 되어 고개를 팍팍 숙이더니 자리에서 사라졌다.

포장마차 아주머니를 핍박하던 조직원들이 사라지자 현성 또한 자리에서 벗어나려고 했다.

그때 포장마차 아주머니가 현성을 향해 검은색 비닐봉지와 쪽지를 건네주었다.

—학생, 고마워. 약소하지만 이거 가지고 가도록 해.

"아, 아주머니 이거 안 주셔도……."

쪽지를 확인한 현성은 포장마차 아주머니가 주는 검은색

비닐봉지를 거절했다. 검은색 비닐봉지 안에는 포장마차에서 팔고 있는 떡볶이와 튀김류 등의 음식들이 들어 있었다.

"……."

하지만 아주머니는 말없이 웃으며 손을 내저었다. 돈을 받지 않겠다는 결연한 의지가 느껴졌다.

결국 한국 아줌마의 저력을 이기지 못한 현성은 비닐봉지를 조용히 받아들었다.

"감사합니다."

'다음에 조용할 때 한번 찾아와야겠군.'

현성은 고개를 숙이며 감사의 뜻을 전했다. 그리고 도망치듯 자리에서 빠르게 빠져나왔다.

주변에서 보는 눈들이 많았기 때문이다.

또한 포장마차에서 파는 음식들을 받았기 때문에 현아의 부탁도 들어준 셈이었다. 더 이상 이곳에 있을 필요가 없었다. 현성은 포장마차 아주머니와 다음을 기약하며 자리에서 빠져나와 집으로 향했다.

제 3 장
칼튼 재단의 영재 고등학교

"……."

현성은 무심한 눈으로 창밖을 바라보고 있었다.

교실 앞에서 물리 선생님이 수업을 진행하고 있었지만, 현성의 마음은 다른 곳에 가 있었다.

'벌써 한 달인가?'

어느덧 현성이 마법 협회에 가입하기 위해 인천 역사 유물 박물관에 다녀온 지도 한 달이 흘렀다.

하지만 아직 마법 협회에서 아무런 연락이 오지 않았다.

심지어 이 대리에게조차도 연락이 없었다.

'생각보다 연락이 늦는군.'

현성은 창문에서 눈을 떼며 교실을 둘러봤다.

노곤한 오후 시간.

점심시간에 배를 채우고 농구나 축구를 한바탕 뒤에 맞이하는 오후 수업 시간에는 잠이 소록소록 밀려온다.

거기다 수업은 지루하기 짝이 없는 물리였다.

반 아이들의 과반수가 꾸벅꾸벅 졸고 있었다.

그 때문에 몇 번이나 물리 선생님이 주의를 줬지만 수마에 빠져드는 아이들을 막을 수 없었다. 오후 시간이면 어디서나 볼 수 있는 평범한 교실 내부의 풍경이었다.

드르륵!

순간 교실 앞문이 열렸다.

"……?"

갑작스러운 일에 물리 선생님을 비롯한 반 아이들의 시선이 교실 앞문 쪽으로 향했다. 그리고 모두 놀란 표정을 지었다.

교실 문에는 여성이 한 명 서 있었다.

나이는 20대 초반으로 허리까지 내려오는 긴 검은색 머리카락과 붉은색 눈, 그리고 뚜렷한 이목구비와 늘씬한 몸매를 가진 혼혈인 미녀였다.

한국인과는 색다른 매력을 발산하는 여인은 차갑고 도도한 분위기를 풍겼다.

그 때문에 모두 놀람과 감탄이 섞인 눈으로 그녀를 바라보고 있었다.

"저, 저기. 누구신지……?"

물리 선생님은 멍한 얼굴로 여인을 향해 질문했다.

"칼튼 재단의 영재 고등학교에서 나왔습니다."

그러자 여인은 유창한 한국말로 차갑게 대답하며 물리 선생님에게 직원증을 보여주었다.

그녀의 대답에 물리 선생님은 놀란 표정을 지었다.

"하, 한국말을 잘하시네요."

"아버지가 한국인이시거든요."

"그, 그렇군요."

차가운 기운이 느껴지는 여인의 말에 물리 선생님은 식은 땀을 흘렸다. 그리고 여인과 물리 선생님의 대화를 듣고 있는 현성은 미간을 살짝 찌푸렸다.

'저 여자, 마법사로군.'

틀림없었다. 눈앞에 있는 여인에게서 차가운 마나의 기운이 느껴졌다.

만약 저 여자가 마법 협회 소속이라면 인천 역사 유물 박물관을 언급했어야 했다.

하지만 그와는 전혀 관계가 없어 보이는 영재 고등학교라니… 그리고 칼튼 재단은 또 뭐란 말인가?

현성은 의심스러운 눈으로 그녀를 바라봤다.

"영재 고등학교에서 저희 학교에는 왜……."

여인의 직원증을 확인한 물리 선생님은 의아한 얼굴로 물었다. 그러자 여인은 교실 안을 둘러보며 말했다.

"이곳에 김현성이라는 학생이 누구죠?"

여인의 말에 아니나 다를까, 반 아이들의 선망과 질투의 시선이 현성을 향해 내리꽂혔다. 그중에는 30대 중반까지 독신인 물리 선생님의 시선도 있었다.

"제가 김현성입니다만……."

주변에서 쏟아지는 시선에 현성은 마지못한 표정으로 자리에서 일어나며 대답했다.

"당신이……?"

여인은 현성을 위아래로 훑어봤다.

그녀의 차가운 표정 위로 의아함이 잠깐 스쳐 지나갔다. 생각보다 현성의 모습이 평범해 보였기 때문이다.

그녀는 현성에 대해 이런저런 이야기들을 많이 들었다. 그중 가장 많이 들었던 말이 엄청난 잠재력을 가지고 있는 마법의 천재였다.

하지만 지금 그녀의 눈앞에 보이는 현성은 그저 그런 고등학교 학생으로 밖에 보이지 않았다.

그녀는 차가운 표정 위에 실망감이 깃든 눈으로 현성을 바라봤다.

"이 대리에게 이야기는 많이 들었어요."

'이 대리?'

"이성재 대리님 말입니까?"

"그럼 현성 군이 아는 다른 대리도 있나요?"

'까칠한 여자로군.'

여인의 대답에 현성은 속으로 고개를 흔들었다. 그리고 그녀가 마법 협회에서 나왔다는 사실을 알 수 있었다. 또한, 자신을 탐탁지 않게 여기고 있다는 사실까지도.

"그런데 영재 고등학교에서 왔다는 소리는 뭡니까?"

현성은 화제를 돌렸다.

"말 그대로입니다. 현성 군을 저희 칼튼 재단의 영재 고등학교에서 스카우트하기로 했어요."

"……!"

"헐……."

"스카우트라니……. 대단하다."

여인의 말에 교실 안이 술렁거렸다.

영재 고등학교가 어떤 곳인가?

전국의 천재들만이 입학할 수 있다고 알려져 있는 고등학교였다. 고등학교의 규모도 제법 컸다. 외국어 계열과 과학 계열이 함께 공존하고 있었기 때문이다.

대한민국 사람이라면 누구나 다 알고 있는 명문 고등학교였다. 그런 곳에서 현성을 스카우트하러 왔다고 하니 반 아이들은 화등잔만 하게 커진 눈으로 감탄사를 내뱉고 있었다.

"혀, 현성이가 영재 고등학교에……?"

물리 선생님 또한 놀란 표정을 숨기지 않았다.

본래 영재 고등학교에 들어가기 위해서는 자격을 증명해야 했다. 시험을 쳐서 합격을 하든가, 혹은 과학 경시대회 같은 곳에서 우승을 하든가 둘 중 하나로 말이다.

하지만 현성의 경우 영재 고등학교에서 직접 스카우트를 하러 왔다는 점이 놀라웠다.

확실히 최근 현성의 성적이 좋아져서 상위권에 들기 시작했다는 점은 눈에 보이는 성과라고 말할 수 있었다.

하지만 그렇다고는 해도 영재 고등학교에서 스카우트를 하러 직접 올 정도는 아니었다.

대체 무슨 마법을 부린 것이란 말인가?

물리 선생님은 믿기지 않는 표정으로 현성을 바라봤다.

"김현성 군의 경우, 재능이 인정되었습니다. 그래서 칼튼 재단에서 스카우트를 하기로 결정을 내렸습니다."

"김현성 군의 재능이 인정되었다니… 그게 대체 무슨 말입니까?"

"자세한 이야기는 프라이버시 침해가 되기에 말해드릴 수 없습니다."

역시나 여인은 물리 선생님의 답변을 회피했다.

"그, 그렇군요."

무엇이 프라이버시 침해가 된다는 것인지 알 수 없었지만, 눈앞에 있는 아름다운 미녀의 말에 물리 선생님은 납득하며 넘어갔다.

"자세한 사항은 이미 서류로 작성해서 이곳 학교에 보내놓았으니 직접 확인하시길 바랍니다."

"아, 알겠습니다."

쇄기를 박는 여인의 말에 물리 선생님은 완전히 물러났다.

그렇게 물리 선생님의 질문을 회피한 여인은 현성을 바라봤다. 그녀의 시선에 현성은 입가에 살짝 미소를 지으며 말했다.

"준비가 철저하시군요."

"일이니까요."

여인의 말에 현성은 속으로 실소를 지었다.

자신이 인정받았다는 재능은 다름 아닌 마법일 것이다.

당연히 그 사실을 이야기 할 수 없는 노릇이었으니 저런 식으로 질문을 회피한 것이리라.

"그런데 칼튼 재단이 뭡니까?"

"외국계 자본 기업으로 대한민국의 여러 기관에 자금을 대주고 있는 스폰서입니다. 영재 고등학교나 인천 역사 유물 박물관을 비롯한 여러 단체를 칼튼 재단이 후원을 하고 있지요."

"과연… 그렇군요."

여인의 말에 현성은 납득했다.

아무래도 칼튼 재단과 마법 협회는 서로 연관이 있는 모양이었으며, 현성을 받아들이기 위해 마법 협회에서 후원하는 영재 고등학교로 데리고 갈 모양이었다.

그러는 편이 향후 마법 협회에서나 현성으로서나 활동하기 편할 테니까.

"하지만 너무 급작스럽군요. 굳이 학교까지 찾아와야 했습니까?"

현성은 되도록 조용히 일이 처리되기를 원했다.

거기다 모든 일이 너무나 갑작스럽게 일어났다. 불과 조금 전까지 현성은 영재 고등학교라는 곳으로 가게 될 거라고는 생각지도 못하고 있었으니 말이다.

"그건 오히려 제가 하고 싶은 말이군요. 어째서 오늘 집에 있지 않고 학교에 와 있는 거죠?"

"그게 무슨 말입니까?

"말 그대로에요. 오늘 저는 현성 군을 데리러 가기 위해 현성 군의 집을 방문했습니다."

"……!"

여인의 말에 현성은 가슴이 철렁했다.

그녀가 집에 갔다는 말은 가족들을 만났을 수도 있지 않은가?

아직 집에는 아무런 말도 하지 않은 상태였다.

만약 여인과 가족이 만나게 되면 여러 가지로 일이 복잡하게 될 지도 몰랐다.

"하지만 아무도 없더군요. 그래서 별수 없이 현성 군을 찾기 위해 학교에 오게 된 것입니다."

이어지는 여인의 말에 현성은 가슴을 쓸어내렸다. 하긴 잘 생각해 보면 지금 이 시간에 집에 가족들이 있을 리 없었다.

여동생인 현아는 학교에 있을 테고, 부모님들 또한 시장에서 장사를 하고 있을 테니 말이다.

하지만 현성은 여인의 행동이 마음에 들지 않았다.

까닥 잘못해서 그녀와 가족들이 만나기라도 했으면 어떻게 되었을까?

현성은 살짝 미간을 찌푸리며 입을 열었다.

"너무 막무가내가 아닙니까? 그런 식으로 남의 집에 불쑥 찾아가다니."

현성은 여인의 행동이 썩 마음에 들지 않았다.

한 달간 아무 연락이 없다가 갑자기 집을 찾아오지를 않나, 수업 중인 자신을 만나러 학교에 찾아오지를 않나.

마법 협회의 인간들이 자신을 휘두르고 있다는 느낌을 받았던 것이다.

"재미있는 소리를 하는군요. 저희는 정식 절차를 밟고 현성 군을 만나러 갔습니다만? 오히려 현성 군이야말로 예측 외의 행동을 하지 말아주었으면 좋겠군요."

하지만 여인은 현성의 말에 지지 않고 맞받아쳤다. 그와 동시에 현성과 여인의 시선이 서로 뜨겁게 부딪쳤다.

'건방진 꼬마.'

'예의가 없는 여자로군.'

현성은 피식 입꼬리를 말아 올리며 입을 열었다.

"한 달간 연락도 없었으면서 말은 잘하는 군요."

"그게 무슨 말이죠? 한 달간 연락이 없었다니요?"

현성의 말에 여인의 차가운 표정이 꿈틀했다.

"말 그대로입니다. 지난 한 달 동안 연락 하나 없다가 오늘 갑자기 당신을 보게 된 것입니다만?"

"……."

현성의 말에 여인은 잠시 침묵했다. 그리고 얼마 지나지 않아 그녀로부터 차가운 한기가 싸늘하게 뿜어져 나왔다.

"이, 대, 리."

여인은 이 대리의 이름을 곱씹으며 중얼거렸다.

그녀의 모습에서 현성은 모든 걸 이해할 수 있었다.

'범인은 이 대리였군.'

아무래도 현성에게 연락을 했었어야 할 이 대리가 깜박한 듯했다.

위이이이잉!

그때 타이밍 좋게 현성의 스마트폰에서 진동음이 울려 퍼졌다. 현성은 스마트폰에 띄워져 있는 발신자를 확인했다.

"이 대리?"

아무래도 오늘 눈앞에 있는 여인이 찾아올 거라고 이제야 연락을 한 모양이었다.

"……."

순간 현성의 말을 들은 여인에게서 싸늘한 한기가 흘러나왔다. 그녀의 모습을 보니 오늘 누구 한 명 얼어죽어 나갈 기세였다.

현성은 속으로 이 대리의 명복을 빌어주었다.

*　*　*

여인이 현성을 만나기 위해 학교로 찾아왔을 때는 이미 모든 절차가 마무리되어 있었다. 이미 전학 신청서도 학교로 발부되었다고 한다.

남은 건, 현성이 직접 영재 고등학교로 전학 가는 일이었다. 또한, 여인의 말에 의하면 오늘은 마법 협회 입회자들의 입회식이 있다고 했다.

그래서 지금 시간이 없다며 여인… 아니, 자신을 서유나라고 소개한 그녀는 현성을 데리고 교실 밖을 나섰다.

"흠……."

교직원을 위한 학교 주차장에 도착한 현성은 짤막한 신음을 흘렸다.

그곳에 잘빠진 붉은색의 스포츠카 한 대가 있었기 때문이다.

그리고 때마침 쉬는 시간인 탓에 주차장 주변에서 서성이고 있던 아이들이 부러운 눈초리로 붉은색 스포츠카를 바라보고 있었다.

"와, 누가 이런 차를 타고 다니는 거지?"

"그러게. 우리 학교 선생님 차는 아닌 것 같은데."

아이들은 부러운 눈으로 대화를 나누다가 뒤에서 나타난 유나를 바라보고 화들짝 놀란 표정을 지으며 물러났다.

"예, 예쁘다……."

아이들은 멍한 얼굴로 유나를 바라보며 중얼거렸다.

그런 아이들을 뒤로 한 채 유나는 현성을 데리고 붉은색 스포츠카 앞에 섰다.

"타세요."

붉은색 스포츠카는 벤츠 E 클래스 쿠페로, 유나의 차였다. 현성은 그녀의 말에 따라 스포츠카에 올라탔다. 그러자 주변에 있던 아이들이 믿을 수 없다는 표정으로 현성을 바라봤다.

"잰 뭐냐?"

"아, 나 저 녀석 알아. 얼마 전에 자살 시도했다가 다시 돌아온 2학년생이잖아."

"남호걸이 죽자 살자 한다는 그놈?"

주변에 있던 아이들은 3학년인 모양인가 보다. 그들은 미녀와 함께 스포츠카에 올라탄 현성을 부러워 죽겠다는 눈으로 바라봤다.

"저놈은 무슨 전생에 나라라도 구했나."

"그러게. 부러운 새끼."

3학년생들은 저마다 한마디씩 불만을 표하며 현성을 바라봤다. 하지만 그들은 꿈에도 모를 것이다. 자신들의 말대로 현성이 차원계 하나를 구원했다는 사실을 말이다.

그렇게 유나와 함께 스포츠카에 탄 현성은 인천 역사 유물 박물관으로 위장하고 있는 마법 협회로 향했다.

그로부터 이틀 뒤, 현성은 영재 고등학교로 전학을 가게 되었다.

*　　*　　*

"시간 참 빨리 가는군."

점점 해가 저물어 가는 시각.

현성은 고등학교 수업을 마치고 인천 역사 유물 박물관으로 가고 있는 중이었다.

"벌써 열흘이 지났나."

열흘 전. 현성은 유나를 따라 인천 역사 유물 박물관으로 위장하고 있는 마법 협회 한국 지부에 갔다.

그곳에서 정식으로 마법 협회에 가입하게 된 현성은 이틀 뒤 바로 영재 고등학교를 다니게 되었다.

그 덕분에 학교와 집안에서는 난리가 났다.

학교에서는 남호걸이 결사반대를 외치며 현성을 귀찮게 만들었다. 하지만 현성이 전학을 굽히지 않자 매일 집으로 찾아가겠다는 엄포를 놓기도 했다.

그리고 집은 집대로 골치였다. 부모님들과 현아가 믿을 수 없다며 정말 영재 고등학교에서 스카우트가 온 것이 맞는지 질문을 퍼부은 것이다.

그 때문에 현성은 유나로부터 받은 영재 고등학교의 전학 허가서를 보여주었지만 소용이 없었다. 현성의 얼굴을 볼 때마다 똑같은 질문을 계속 해왔기 때문이다.

그렇게 이틀을 정신없이 보낸 현성은 영재 고등학교에 처음으로 등교를 했다.

다행히 영재 고등학교는 현성의 집에서 그리 멀지 않은 장소에 위치해 있었다. 지하철역과 가까웠던 것이다.

영재 고등학교를 다니기 시작하고, 마법 협회의 견습 회원이 된 현성은 중요한 할 일이 생겼다.

다름 아닌 마법 협회에서 마법을 배우는 일이었다.

"예상은 했었지만 기가 막힐 노릇이지."

마법 협회에서 마법을 배우던 시간을 떠올린 현성은 한숨을 내쉬며 고개를 흔들었다.

아직 마법을 배우기 시작한지 며칠밖에 지나지 않았다.

하지만 그동안에 현성은 현대 마법 체계가 어떤지 파악

했다.

예상대로 현대의 마법은 이드레시안 차원계의 마법에 비하면 조악하기 그지없었다.

하지만 아티팩트나 오파츠 같은 매직 아이템으로 부족한 마나 서클이나 실력을 커버하고 있었다.

"거기다 그 여자가 관장의 딸이었을 줄이야."

현성은 첫날 자신이 다니던 학교에 찾아온 차가운 분위기의 여인을 떠올렸다.

아름답지만 도도하고 까칠한 성격의 여인.

그녀가 마법 협회 지부장의 딸이라는 사실도 놀라운데, 그보다 더 놀라운 사실이 현성을 기다리고 있었다.

"그리고 설마 나를 가르치게 될 스승이 그 여자가 되다니……."

현성은 피식 웃음을 흘렸다.

현재 현성에게 마법을 가르쳐 주는 마법사는 어이없게도 서유나였다. 이야기를 들어보니 그녀는 마법 협회 내에서 얼음 계열 마법이 특기인 마법사로 나름 실력이 있는 모양이었다.

그 때문에 젊은 나이임에도 불구하고 현성에게 마법을 가르치게 된 것일 테지.

"뭐, 확실히 실력은 있는 것 같았지만……."

하지만 그것은 어디까지 현대를 기준에서 봤을 때였다. 이드레시안 차원계에서는 유나 정도 되는 실력의 마법사는 수

두룩했다.

그리고 서진철 관장이 유나를 현성의 스승으로 둔 것으로 보아 현성에게 거는 기대가 남다르다는 사실을 알 수 있었다.

"흠. 벌써 시간이 이렇게 됐나? 빨리 가봐야겠군."

시간을 확인한 현성은 혀를 찼다.

최근 현성은 학교를 마치고 인천 역사 유물 박물관에 가서 서유나에게 마법을 배우고 있었다.

그 때문에 만약 시간이 늦어지면 차가운 성격의 서유나로부터 무슨 말을 들을지 몰랐다.

'이 대리처럼 되는 건 사양하고 싶으니까.'

쓴웃음을 한 번 지은 현성은 인천 역사 유물 박물관을 향해 발걸음을 재촉했다.

마법 협회의 지하 수련장.

마법 협회 한국 지부에는 마법사들의 수련을 위해 마련된 지하 수련장이 존재한다.

하지만 지하 수련장은 대부분 현성처럼 갓 마법에 입문한 자들이 주로 사용하며, 어느 정도 실력이 있는 마법사들은 전부 개인적으로 산 속이나 사람들 눈에 띄지 않는 장소에서 수련을 하고 있었다.

지하 수련장의 위치는 인천 역사 유물 박물관이 있는 문학산 지하이며, 연구실, 실험실, 자료실 등등 다양한 시설들이 자리를 잡고 있었다.

마법 협회의 주된 행정 업무는 지상에 있는 건물에서 하지만, 마법과 관련된 연구나 수련, 실험 등은 지하에서 하고 있었다.

즉, 문학산 지하 전체가 마법 협회 한국 지부의 비밀 기지 같은 장소였다.

"안녕하세요?"

인천 역사 유물 박물관에 도착한 현성은 두 번째 후관 건물에 들어가며 직원들에게 인사를 건넸다.

벌써 며칠째 그들과 얼굴을 보아왔기 때문에 서로 안면을 익히고 있었으며, 그들 또한 마법 협회에 소속되어 있는 자들이었다. 그 때문에 현성은 별다른 거리낌을 느끼지 않았다.

그리고 후관 건물 안에는 마법 협회의 지하 비밀 기지로 들어가는 입구가 있었다. 그곳을 통하며 현성은 몇 가지 신분 체크를 받았다. 의외로 마법 협회는 과학적이었다. 마법 협회에서 발급받은 회원 카드와 지문 인식 장치로 신분을 확인 한 후에야 지하로 내려가는 엘리베이터에 탈 수 있었던 것이다.

현성이 가고자 하는 수련장은 지하 맨 밑층에 있었다.

그래 봐야 지하 5층이었지만.

"이제 다 왔군."

지하 5층까지 내려간 현성은 엘리베이터에서 내린 후 수련장이 있는 곳으로 발걸음을 옮겼다.

지하 5층은 긴 복도를 중심으로 드문드문 출입문이 보였다. 현성이 수련 받는 수련장은 505호실이었다.

그곳에 도착한 수련장 문을 열고 들어갔다. 높이가 약 5미터에 넓이가 50평정도 되는 넓은 실내가 눈에 들어왔다.

지상보다 지하가 훨씬 더 넓은 공간.

이곳이 바로 현성이 현재 수련을 하고 있는 마법 수련장이었다.

"정각에 맞춰 왔군."

지하 수련장에 도착하자 차갑고 무뚝뚝한 목소리가 들려왔다. 다름 아닌 유나였다.

"안녕하세요. 스승님."

현성은 그녀에게 고개를 숙이며 말했다.

마법 협회가 무슨 목적을 가지고 있는지 조사를 하기 위해 잠입을 했다지만, 자신보다 나이도 어리고 실력도 낮은 그녀를 스승으로 대해야 한다는 사실은 그리 유쾌하지 않았다.

그뿐만이 아니라 그녀를 스승으로 대해야 하기에 반말을 듣는 것은 기본이고 자신은 존댓말을 써야 했다.

그 때문에 현성과 유나는 서로 티격태격 싸우는 경우가 종종 있었다.

"앞으로도 시간을 잘 지키길 바란다. 이 대리처럼 되고 싶지 않다면 말이야."

"그러도록 하죠."

그녀의 말에 현성은 쓴웃음을 지었다.

유나가 자신을 찾아온 당일.

현성은 이 대리로부터 사과를 받았다. 그리고 그의 푸념이 시작되었다. 마법 협회도 하나의 조직체이긴 하지만, 현재는 인천 역사 유물 박물관으로 위장 중이었다. 당연히 마법 협회에 소속된 자들은 각자 직급이 있으며 해야 할 일들이 있었다.

이 대리의 일은 각종 서류 정리와 능력 있는 신인들을 찾아서 영입하는 일이었다. 그 업무량이 생각보다 많았는지 이 많은 걸 혼자서 어떻게 다하며 이 대리는 죽어가는 목소리로 하소연했다.

또한, 무엇보다 가장 중요한 일은 바로 상사들의 비위를 맞춰주는 일이라며 슬며시 이야기를 해주었다.

이 대리의 이야기를 대충 들어보면 우리나라 회사와 크게 다를 바 없어 보였다.

일을 끝내지 못하면 야근은 밥 먹듯이 하는 것 같았으며, 수많은 일거리에 치여서 정신이 없어 보였으니까.

그리고 현성에게 연락을 제때에 하지 못한 이 대리는 유나에게 엄청 까였다. 말로 표현하기 힘들 정도로 말이다.

그나마 이 대리가 현성을 발견해서 영입했다는 공적이 있었기 때문에 적당한 선에서 끝났다.

만약 그렇지 않았다면 정리 해고라도 당하지 않았을까?

현성은 현대 조직 사회의 무서운 한 단면을 본 것 같다고 생각했다.

"내가 마법에 대해 설명한 내용은 기억하고 있겠지?"

"예, 물론."

유나의 말에 현성은 고개를 끄덕이며 대답했다.

그런 현성의 얼굴에는 지루한 표정이 떠올라 있었다.

이미 자신이 잘 알고 있는 내용을 지난 며칠간 긴 시간에 걸쳐서 이야기를 들었던 것이다.

"그럼 마법이 무엇인지 요약해서 설명해 봐."

"이미 알고 있는 걸 굳이 꼭 설명해야 합니까?"

"지금 스승에게 말대꾸를 하는 거냐? 너한테는 마법 수련보다 인성 교육이 더 필요한가 보군."

현성과 유나의 시선이 서로 마주치며 불꽃이 튀었다.

"알겠습니다. 그럼 설명을 하도록 하죠."

결국 고개를 먼저 숙인 건 현성이었다. 뭐가 어찌되었든 칼자루를 쥐고 있는 건 유나였다. 마법 협회 내에서 유나는 현성의 스승이었으니 말이다.

"요컨대 마법이란 마나 술식을 연산 구축 및 배치하여 현실 세계에 마법사의 의지를 물질 구현화하는 일입니다."

"그것을 위해 가장 중요한 요소는?"

"인간의 의지."

"좋아. 어느 정도 마법에 대해 이해를 하고 있는 모양이군."

현성의 대답에 유나는 무표정한 얼굴로 고개를 끄덕였다.

현성이 대답한 내용은 마법에 대해 이해하지 못한 상태에서는 말할 수 없었다.

하지만 그녀는 모를 것이다.

지난 며칠간 그녀가 가르쳐 온 내용을 이미 현성이 알고 있다는 사실을.

그런 현성의 심정을 알 수 없는 유나는 현성에게 한 가지 충고를 해주었다.

"마법을 배우는 입장에서 마법이 무엇인지 아는 것은 가장 중요한 일이다. 항상 염두해 두도록."

"예……."

현성은 실소가 나오려는 것을 애써 참으며 대답했다.

마법에 대한 것이라면 오히려 현성이 그녀에게 가르쳐야 하는 판국에 설명을 받고 있어야 하는 꼴이라니.

현성의 입장에서는 그저 웃음밖에 나오지 않았다.

하지만 몇 가지 중요한 사실을 알아낼 수 있었다.

'현대의 마법은 이드레시안 차원계의 마법 체계와 흡사하다.'

이 대리 때부터 눈치채고 있었지만, 유나의 설명에서 확신했다. 세세한 부분은 조금씩 달랐지만 기본적인 구동 원리는 완전히 똑같았던 것이다.

마치, 이드레시안 차원계의 마법이라는 생각이 들 정도로.

또한, 마법 협회라는 조직의 정체가 무엇인지 의심이 들었다. 대체 마법 협회의 마법은 어디서 나온 것일까?

현성은 그동안 궁금해 하던 내용을 질문했다.

"그런데 마법은 누가 창안한 것인가요?"

"……!"

그 말에 유나는 드물게도 놀란 표정을 지었다.

"그렇군. 그러고 보니 가장 중요한 걸 가르쳐 주지 않았군."

유나는 이내 차가운 얼굴로 돌아가며 설명에 들어갔다.

"마법은 누가 창안했는지 불명이다. 다만 중세 유럽에서부터 시작되었다고 전해지고 있지."

"중세 시대부터라고요?"

"그래. 정확하지는 않지만 마법의 역사는 약 600년 정도 된다. 그리고 마법 협회가 설립된 지는 약 500년 정도 되었지."

"5, 600년이라……."

마법이라는 학문의 역사라고 하기엔 짧은 기간이었다.

이드레시안 차원계에서 마법은 수천 년의 역사를 가지고 있었으니 말이다.

"그 이전에는 마법이 존재하지 않았습니까?"

"불명이다. 최근 마법 연구가들에 의하면 고대 문명 시절 마법이 존재했을지도 모른다는 가설이 제기되고 있기는 하지. 하지만 지금과 같은 마법이 나타난 것은 중세 시대부터다."

"그렇군요."

현성은 잠시 생각에 잠겼다.

그녀의 말에서 알 수 있는 사실은 실망스러웠다.

결국 알게 된 것은 마법이 600년 전 중세 유럽에서 시작되었다는 사실뿐이었으니 말이다.

이드레시안 차원계와 어떤 연관이 있는지 알아내지 못했다.

"마법 협회에 대해선 얼마만큼 알고 있지?"

"많이는 몰라요. 그저 전 세계적으로 퍼져 있다는 것 정도?"

"그래. 마법 협회는 중세 시대부터 비밀리에 마법을 전수해 내려온 세계 비밀 결사 조직이지. 지금은 분열된 상태지만."

"분열되어 있다니 그게 무슨 소리죠?"

생각지도 못한 말에 현성은 놀란 얼굴로 반문했다.

"네가 제대로 된 마법사가 된다면 알게 될 일이지."

하지만 유나는 답변을 회피하며 정말 드물게도 미소를 지었다.

단지, 얼음같이 차디찬 미소라는 점이 문제였지만.

"그럼 수련을 시작해 볼까?"

"예……."

유나의 말에 현성은 마지못한 얼굴로 대답했다.

직감적으로 유나가 자신의 질문에 대답해 주지 않을 거라고 느낀 것이다.

여기서 계속 마법 협회에 꼬치꼬치 캐묻는다면 쓸데없는 의심을 받게 될지 몰랐다.

그렇게 현성은 유나와 함께 마법 전투 훈련을 시작했다.

제 4 장
위험이 찾아오기 시작한 인천 국제 도시

어둠이 완전히 내린 밤.

주황색 가로등이 내려 비치고 있는 으슥한 골목길을 걷고 있는 청년들이 있었다.

그들은 하이에나처럼 눈을 빛내며 두 손을 주머니 꽂은 채 불량스럽게 골목길을 거닐었다.

"야, 대영아. 우리 언제까지 이 짓거리를 해야 되는 거냐?"

"언제까지긴. 형님들이 완전히 용서해줄 때까지지."

"에혀. 매일 밤마다 이게 뭐하는 짓인지, 원.

그들은 얼마 전 포장마차 앞에서 현성에게 깨졌던 후광파 조직원들이었다.

후광파의 말단이었던 그들은 포장마차에서 있었던 일 때문에 용 사장으로부터 미립자 단위가 되도록 까였다.

그 후 다행스럽게도 조직에서 제명당하지 않았지만, 한 가지 임무를 받게 되었다.

다름 아닌 매일 밤마다 자신의 구역을 순찰하는 일이었다.

그 때문에 이대영을 시작으로 최재성, 김재식은 지금처럼 아무도 없는 골목길을 걷고 있었다.

"그래도 우리가 이렇게 순찰이라도 도니 사장님 마음이 많이 풀어지신 모양이더라."

"하긴, 얼마 전에 순찰 돌고 오니까 진혁 형님이 커피를 타주면서 수고했다고 하긴 했지."

이대영의 말에 김재식은 고개를 끄덕였다.

지난 두 달간 그들은 밤마다 순찰을 돌면서 여러 가지 일들을 해결했다.

길 잃은 노인이나 미아를 도와주는 일부터 시작해서 소매치기, 강도, 치한 퇴치까지.

사람들에게 도움을 주는 자경단에서 하는 일을 그들이 해오자 인근에 사는 시민들의 시선이 달라졌다.

예전에는 그들을 보고 피하려고 했지만, 최근에는 웃으며 인사를 하는 사람들도 생기기 시작한 것이다.

포장마차에서 있었던 일 직후, 자신을 대하는 조직의 분위기나 선배들의 눈초리는 곱지 않았다.

하지만 두 달간 고생을 하며 노력을 하자 그들을 챙겨주는 중간 관리직 선배도 나타났고, 정말 다행스럽게도 용 사장의 마음이 풀렸다는 귀띔도 해주었다.

"그건 그렇고 설마 그 소문이 진짜였을 줄이야."

"그러게 말이다."

"현실이 판타지네."

그들은 고개를 흔들며 믿을 수 없다는 표정을 지었다.

보스가 교체되었을 때 믿기지 않는 소문을 들었다.

혼자서 조직의 보스를 찾아가 경호원들을 전부 쓰러뜨렸다는 괴물에 대한 소문을.

단순히 과대 포장된 소문이며 실제로 그런 인물이 있을 거라고는 생각지도 않았다. 그런데 설마 그 괴물이 실제로 존재하는 것도 모자라 아직 스무 살도 안 된 고등학생일 줄이야!

지금 생각해도 믿을 수 없는 사실이었다.

"시발! 그때 안 죽은 게 다행이지."

"야, 그 후에 보스… 아니, 사장님한테 졸라 뒤지게 까였잖아."

최재성과 김재식은 그때가 떠올랐는지 몸을 떨었다.

용 사장이 누구던가?

무에타이 고수다. 그리고 무에타이의 가장 기본적인 공격은 로우킥이었다. 그들은 용 사장에게 까이면서 로우킥을 뒤지도록 쳐 맞았었다. 다리몽둥이가 부서지도록 말이다.

게다가 그들은 조직의 세계에 몸담고 있었다.

쥐도 새도 모르게 생매장을 당한다고 해도 이상하지 않았다.

"쓸데없는 소리 이제 그만하고 순찰이나 계속 돌자. 빨리 돌고 자러 가야지."

"그래."

그렇게 그들은 마음을 다잡으며 빠르게 걷기 시작했다.

바로 그때,

"꺄아아악!"

골목길 안쪽에서 여성의 비명 소리가 들려오는 게 아닌가?

삼인조는 말없이 서로를 바라봤다.

이렇게 늦은 밤이 되면 종종 여성을 덮치는 취객이나 강도가 가끔 있었다.

지금도 그중 하나일 터.

삼인조는 비명 소리가 난 장소를 향해 뛰어갔다.

"우, 움직이지 마. 내, 내가 기분 좋게 해주겠다는데 자꾸 앙탈을 부릴 거냐?"

"이, 이러지 마세요!"

"이, 이년이 말로 해서는 안 되겠군."

"꺅!"

어두운 골목길 안에서 30대로 보이는 한 남자가 20대 초반 여성을 성추행하고 있었다.

"그, 그러게 말로 할 때 들으면 얼마나 좋아?"

남자는 어딘가 어눌한 느낌이 드는 말투로 말하며 여성을 골목길 담벼락에 강제로 밀어붙였다.

그리고 그녀의 몸을 탐하려는 찰나,

"그쯤 하지?"

"……!"

갑작스럽게 등 뒤에서 들려온 목소리에 남자는 화들짝 놀라며 고개를 뒤로 돌렸다.

그곳에 험악한 표정을 짓고 있는 삼인조가 있었다.

"뭐, 뭐야? 너희들 뭐하는 놈들이야!"

"우리? 너 같은 쓰레기들을 청소하는 청소부라고나 할까?"

불과 두 달 전까지만 해도 삼인조 또한 눈앞에 있는 남자와 다를 바 없었지만 이대영은 얼굴빛 하나 바꾸지 않고 거들먹거리며 말했다.

"이런 미……."

"이런 미… 뭐, 이 새끼야?"

남자의 입에서 상소리가 나오려고 하자 최재성이 눈알을 부라렸다.

"아, 아니 그게 아니라……."

뒤늦게 상황 파악을 한 남자는 어색한 미소를 지었다.

상대는 험상궂게 생긴 세 명의 장정들.

그에 반해 남자는 혼자였다.

"이 양반, 이거 안 되겠구만."

"그러게. 감히 우리 구역에서 여자를 넘봐?"

"사회교육 좀 시켜줘야겠네."

삼인조들은 어깨와 목을 풀며 남자에게 다가갔다. 그러면서 여성을 향해 나름 상냥해 보이려 노력을 하며 여성에게 말했다.

"아가씨는 그만 가보세요."

"우리랑 만나서 운 좋은 줄 아쇼."

"다음부터는 밤늦게 다니지 않는 게 좋을 겁니다."

그들의 말에 여성은 고개를 숙였다.

"예, 예. 구해주셔서 감사합니다."

여성은 겁에 질린 표정이었지만 감사를 표하고 이내 어둠 속으로 도망쳤다.

그렇게 여성이 사라지자 남아 있던 남자는 자신을 향해 다가오는 삼인조를 두려운 눈으로 바라봤다.

"치, 칙쇼! (ちくしょう:젠장!)"

아무래도 남자는 일본인인 모양이었다.

그는 너무나 당황한 나머지 얼떨결에 일본어를 내뱉었다.

그러자 최재성이 고개를 갸웃거리며 입을 열었다.

"야, 대영아. 이 새끼 지금 뭐라고 한 거냐?"

이대영은 잠시 생각하더니 이내 최재성을 바라보며 얼굴

빛 하나 바꾸지 않고 대답했다.

"너 보고 짐승새끼라는데."

"뭐? 이런 개새끼를 보았나!"

재성은 분기탱천한 얼굴로 남자를 노려봤다.

그러자 남자는 어이없다는 얼굴로 중얼거렸다.

"소, 손나 바카나……! (そんなばかナ:그런 바보 같은!)"

"또 뭐라는 거야?"

"넌 진짜 구제불능의 미친놈이래."

이번에는 김재식이 대답해 주었다.

그 말에 최재성은 무서운 눈으로 일본인을 노려보며 소리쳤다.

"이 새끼, 오늘 너 죽고 나 살자!"

눈앞에서 분노로 활활 타오르고 있는 최재성을 바라보며 이대영과 김재식은 사악한 미소를 지었다.

이대영과 김재식은 눈앞에 있는 남자가 무슨 말을 했는지 잘 알고 있었다. 어느 정도 일본어를 할 줄 알았던 것이다.

하지만 최재성은 영어를 조금 알 뿐 일본어에 대해서는 무지했다. 그 때문에 이대영과 김재식에게 완전히 농락당할 수밖에 없었다.

그런 사실을 까마득하게 모른 채 최재성은 남자를 향해 달려들었다.

"오, 오지마!"

그러자 남자… 아니, 일본인은 어눌한 어투로 소리치며 뒤로 물러서더니 품속에서 사시미 칼을 꺼내드는 게 아닌가?

그 모습을 본 삼인조의 인상이 찌푸려졌다.

"이 새끼, 말로 해서는 안 되겠군."

"너만 칼이 있다고 생각하면 오산이다, 쪽바리 새끼야!"

삼인조는 각자 품속으로 손을 집어넣더니 나이프를 꺼내들었다. 삼인 세트로 맞춘 폴딩 나이프였다.

삼인조 또한 한국의 뒷세계를 주름잡는 조직의 인간이었다. 언제 어느 때 무슨 일이 생길지 모르기에 항상 나이프를 휴대하고 다녔다.

"각오는 되어 있겠지?"

삼인조가 인상을 험악하게 쓰며 나이프를 들이댔다.

"다, 다스케테(だすけて:살려줘)!"

삼인조의 위협에 일본인은 허겁지겁 몸을 돌리며 도망을 치기 시작했다.

상대를 위협하기 위해 사시미 칼을 꺼내들었지만 설마 상대도 나이프를 꺼낼 줄이야.

상황이 불리하다는 것을 인지한 일본인은 주저 없이 도망을 선택한 것이다.

"흥, 건방진 쪽바리 놈 같으니."

삼인조는 굳이 일본인을 쫓아갈 생각이 없었다.

그들은 어디까지나 치안 활동이 목표였다. 일본인으로부

터 여성을 구한 이상 괜한 소동을 일으켜 봐야 피곤해지는 것은 자신들이었다.

또한, 일본인이 도망을 치려고 할 때 삼인조의 시선을 끄는 것이 있었다.

"이게 뭐지?"

김재식이 주황색 가로등에 떨어져 있는 작고 투명한 비닐봉지를 주워 들었다. 조금 전 일본인이 도망을 치기 위해 몸을 돌렸을 때 떨어진 물건이었다.

투명한 봉지 안에는 하얀 가루가 들어 있었다.

"야, 이거 혹시……?"

김재식이 들고 있는 비닐봉지를 최재성이 낚아챘다. 그리고 비닐봉지에 들어 있는 하얀색 가루를 손가락에 살짝 찍어서 입에 가져다 댔다.

"……!"

순간 최재성은 눈을 부릅뜨며 청천벽력 같은 말을 했다.

"야, 이거 그게 맞는 거 같은데?"

"뭐?"

일본인이 분실하고 간 물건을 확인한 삼인조는 놀란 얼굴로 서로를 바라보고 있을 뿐이었다.

*　　*　　*

싸늘한 찬바람이 몰아치는 겨울.

시간은 유수와 같이 흘러 어느덧 현성이 유나에게 마법을 배우기 시작한지도 두 달이 흘렀다. 동시에 현성이 다니는 영재 고등학교는 겨울 방학을 맞이했다.

그 덕분에 시간적 여유가 생긴 현성은 유나에게서 기초적인 마법 이론에서부터 마나를 다루는 법까지 집중적으로 마법을 배웠다.

물론 이미 알고 있는 내용들이었기에 모르는 척하며 다시 배우는 일은 여간 고역이 아니었다.

그 때문에 현성은 최대한 빠르게 유나가 가르쳐 주는 마법을 습득한 척했다.

지난 두 달간 1클래스 마법을 마스터한 걸로 해버린 것이다.

당연히 마법 협회 내부는 시끄러워졌다.

기본적으로 현대에서 1서클 마법을 완전 마스터하는데 걸리는 시간은 대략 1~2년 정도였다.

그런데 현성은 불과 두 달 만에 1서클을 마스터한 것이다.

그 때문에 100년에 한 명 나올까 말까 한 천재라는 소문이 자자했으며 마법 협회 한국 지부의 기대 또한 컸다.

그렇게 현성이 기대 이상의 성과를 보이자 마법 협회와 유나는 새로운 것을 가르치기로 했다.

"제법이군. 벌써 이렇게 활용까지 할 수 있을 줄이야."

"스승이 좋아서겠죠."

"말은 잘하는군."

넓은 지하 수련장.

인천 역사 유물 박물관 지하에 위치한 마법 협회 한국 지부 수련장에서 현성과 유나는 평소와 같이 마법 훈련을 하고 있었다.

지금 현성이 받고 있는 훈련은 아티팩트의 활용법이었다.

현대 세계 마법사들은 평균적으로 서클이 낮은 탓에 보다 높은 서클 마법을 사용하기 위해 궁여지책으로 한 가지 방법을 만들어냈다.

그것이 바로 마법 도구, 아티팩트이다.

아티팩트의 힘을 빌리면 자기 서클보다 1, 2서클 높은 위력을 발휘할 수 있으며, 본인의 마나가 일정치 이상 있으면 별다른 훈련 없이 바로 사용이 가능했다.

그리고 현대의 아티팩트는 마법사들의 능력을 증폭시켜줄 뿐만이 아니라, 갖가지 속성의 마법이 인챈트되어 있기도 했다. 그 덕분에 마나만 가지고 있다면, 아티팩트에 인챈트가 되어 있는 마법을 발동시킬 수도 있었다.

또한, 현대의 마법사들은 2서클 때부터 자신에게 맞는 속성 위주로 마법을 배우는 모양이었다.

화염 마법을 배운 마법사는 불을, 바람 마법을 배운 마법사는 바람을 다루는 식으로.

이드레시안 차원계의 마법사가 모든 속성을 다루는 올라운드형이라면, 현대의 마법사는 2서클 때부터는 각기 한 가지 속성을 전문적 특기로 사용하는 속성 마법사였던 것이다.

지금 현성의 눈앞에 있는 유나의 경우는 빙계 마법이 특기로 그녀의 성격과 잘 어울린다고 할 수 있었다.

그녀를 보고 있는 것만으로도 차가운 기운이 느껴질 정도였으니까.

"하지만 현대의 마법사들이 아티팩트를 사용할 줄은 몰랐네요."

"그럼 무엇을 사용할 줄 알았지?"

"음… 지팡이?"

"……."

순간 유나의 차가운 표정에 금이 갔다.

확실히 마법사라고 하면 누구나 지팡이를 떠올릴 것이다.

실제로 현성이 마법을 배운 이드레시안 차원계의 마법사는 거의 대부분 지팡이를 사용했다.

하지만 현대 세계에서 살아가는 마법사들은 지팡이를 구시대적 유산으로 치부하고 있었다.

유나는 생각할 가치도 없다는 얼굴로 입을 열었다.

"하, 시대착오적이군. 요즘 시대가 어떤 시대인데 마법사가 지팡이를 들고 다녀?"

"안 들고 다닙니까?"

"당연하지."

유나는 어이없다는 표정으로 대답한 후, 현성을 바라봤다.

"시시한 잡담은 여기까지다. 쉬었으면 수련을 계속하도록 하지."

"예."

유나의 말에 현성은 고개를 끄덕이며 대답했다.

그동안 유나의 밑에서 마법을 배운 현성은 그녀가 성실하다는 사실을 알 수 있었다. 아니, 성실하다기보다 사교성이 그다지 없었다.

벌써 그녀와 함께 한 지 두 달이라는 시간이 지났지만, 대부분 마법에 관한 이야기만 할 뿐 사적인 대화는 한마디도 나누지 않았다.

그 때문에 현성이 유나에 대해 알고 있는 것은 서진철 관장의 딸이고 마법사라는 사실 정도였다.

"그럼 이번에는 제가 먼저 가도록 하죠."

"얼마든지."

현성은 신중한 표정으로 유나를 바라보며 자세를 잡기 시작했다. 지금 현성은 마법 협회에서 지급한 전용 전투복인 검은색 코트와, 손에는 작은 마법진이 손등에 새겨져 있는 검은색 장갑을 착용하고 있었다.

바로 이 장갑이 현성의 아티팩트로, 등급은 D급이며 화염계 공격 마법이 인첸트되어 있다. 그리고 현성의 눈앞에 있는 유나 또한 검은색 코트를 입고 있으며, 손에는 그녀 전용의 아티팩트로 보이는 검은색 봉이 들려 있었다.

오늘 현성이 하고 있는 수련은 다름 아닌 그녀를 상대로 아티팩트를 활용한 전투 훈련이었다.

마법사로서 유나의 능력은 그저 그런 수준이었지만, 유감스럽게도 현성은 그녀보다도 못했다.

왜냐하면 유나는 2서클을 마스터한 마법사이며, 지금의 현성은 1서클을 마스터하고 2서클 때부터는 화염계 전문 마법사로 되어 있으니 말이다.

하지만 지금 현재 현성의 본 실력은 4서클 마스터.

현대의 마법사인 유나와는 비교하기 힘든 경지이긴 하나, 현성은 본 실력을 드러낼 수 없었다. 그 때문에 현성은 그녀를 상대할 때마다 신중을 기했다. 아니, 신중을 기하는 척했다.

현성이 본 실력을 발휘한다면 아무리 아티팩트를 가진 유나라고 해도 당해낼 수 없을 테니까.

그렇게 현성과 유나는 지하 수련장에서 각자가 가진 전투용 아티팩트를 내세우며 또다시 격돌하기 시작했다.

* * *

어두운 밤.

인천 역사 유물 박물관의 지하 수련장에서 훈련을 마친 현성은 집으로 돌아가고 있었다.

"벌써 두 달이 지났군."

현성은 별빛이 박혀 있는 밤하늘을 올려다보며 중얼거렸다.

지난 두 달간 현성은 유나로부터 마법 수련을 받았다. 기초적인 마법 이론에서부터 마나 실습 훈련까지.

현성의 입장에서는 지루할 거라 생각한 마법 수련이었지만, 예상외로 그렇지 않았다.

물론 처음 마법 수련을 시작했을 때는 지루했지만 뒤로 갈수록 현대적인 개념의 해석이 덧붙여져 있었기에 재미가 있었던 것이다.

"대체 현대의 마법은 누가 발견하고 창안한 것일까?"

유나를 통해서 알아내려고 했지만 실패했다.

단지, 중세 시대에서부터 시작되었다는 점만 알아냈을 뿐.

"모르겠군. 하지만 현대의 마법이 이드레시안 차원의 마법과 흡사하다는 것만큼은 틀림없는 사실이야."

유나에게 마법을 배우면서 그 사실을 확실히 알게 되었다. 또한, 이드레시안 차원계의 마법보다 뒤떨어진다는 사실도.

"하나, 연구할 가치는 충분히 있었지."

현성은 입가에 미소를 띠웠다.

현대의 마법사들은 마법에 대한 새로운 개념과 해석을 가지고 있었다. 이드레시안 차원계의 마법사들이 생각지도 못할 기발한 상상을 말이다.

그리고 그것들은 현성에게 큰 도움을 주었다.

새로운 개념으로 마법을 다시 배우면서 그동안 잊고 지내왔던 이드레시안에서 배우고 깨달았던 내용들을 다시 한 번 떠올릴 수 있었던 것이다.

그 덕분에 새로운 깨달음을 얻어 얼마 전 4서클 마스터가 될 수 있었다.

물론 마법 협회에서는 그 사실을 모른다. 현성이 철저하게 숨기고 있었으니까.

애초에 마법 협회에서 눈에 띌 만한 짓은 하지 않고 있었다.

"거기다 아티팩트라……."

현성은 현대의 마법에 관해 생각에 잠겼다.

현대의 마법사들은 떨어지는 마나 서클을 보완하기 위해 아티팩트를 사용하고 있었다.

그 종류와 위력은 천차만별이었으며, 현대 마법의 새로운 개념 중 하나였다.

이드레시안 차원계의 마법사들도 아티팩트를 보조적으로 사용하기는 했지만, 현대의 마법사들처럼 주력적으로 활용하지는 않았다.

"우선은 조용히 지내면서 마법 협회라는 곳을 지켜봐야

겠군.”

아직 마법 협회가 어떤 조직인지 모르는 상황에서 선불리 움직였다가 낭패를 볼 수도 있었다.

그 때문에 현성은 천천히 조직 내에서 인정을 받으며 올라갈 생각이었다.

하지만 그러려면 아무래도 시간이 걸릴 수밖에 없었다.

현성은 이제 마법 협회 내에서 1클래스를 마스터하고 2서클 화염계 전문 마법을 배우고 있는 마법사로 되어 있으니 말이다.

위이이이잉!

순간 현성의 스마트폰이 진동했다.

“이 시간에 누구지?”

밤늦은 시간에 전화가 왔기에 현성은 의아한 표정으로 스마트폰을 꺼내 들었다. 발신자 번호에는 용 사장이 찍혀 있었다.

—안녕하십니까, 형님.

“용 사장? 오랜만이군.”

—예, 형님. 그간 별고 없으셨습니까?

“별일 없지.”

현성은 쓴웃음을 지었다.

용 사장과 마지막 연락 이후, 영재 고등학교로 전학을 가고 마법 협회에서 마법을 배우고 있는 등 여러 가지 일이 있었다.

하지만 그 사실을 굳이 용 사장에게 이야기까지 할 필요성은 없었다.

"그런데 이 시간에 무슨 일인가?"

—그것이…….

용 사장은 말꼬리를 흐렸다.

—형님에게 꼭 부탁드리고 싶은 일이 있습니다.

"나한테?"

오래간만에 연락이 온 용 사장의 말에 현성은 살짝 놀란 표정을 지었다.

*　　*　　*

토요일 오후.

현성은 눈앞에 있는 빌딩을 올려다봤다.

며칠 전 용 사장으로부터 전화 연락을 받고 주말에 직접 만나기로 했다. 그리고 지금, 학교를 마친 현성은 용수종이 사장으로 있는 한진건설 본사 빌딩 앞에 와 있었다.

"여긴가?"

한진건설 본사 빌딩에 와 보는 것은 처음이었다.

빌딩 앞에 선 현성은 지체 없이 건물 안으로 들어갔다.

"무슨 일로 오셨나요?"

1층 로비에 들어서자 안내 데스크에 있는 여사원이 미소를 지으며 인사를 건네왔다.

현성처럼 어려 보이는 나이의 고등학생에게 존대를 하는 것을 보아 직업 서비스 정신이 투철해 보였다.

"아, 예. 안녕하세요."

현성은 일단 평범한 고등학생처럼 대응하기로 했다.

한진건설 본사 빌딩에서 현성에 대해 아는 사람은 거의 없었다. 후광파가 한진건설을 운영하고 있기는 하지만, 대부분 일반 사원으로 정작 조직원은 얼마 되지 않았다.

그리고 그 조직원 중에서도 현성에 대해 알고 있는 자들은 몇 안 되었으며, 눈앞에 있는 여사원이 알고 있을 리도 없었다. 그렇기에 현성은 용 사장을 대하는 것처럼 눈앞에 있는 여사원을 대할 수 없었다.

"용 사장, 아니 용수종 사장님을 뵈러 왔는데요."

"예?"

현성의 말에 여사원은 의아한 얼굴로 되물었다. 아직 앳되 보이는 소년이 그녀와 같은 일반 사원들에게 있어 하늘 같은 사장님을 만나러 왔다고 하니 놀랄 수밖에 없었다.

하지만 놀라움은 이내 실소로 바뀌었다.

"약속은 하고 오셨나요?"

"예."

여사원의 질문은 현성은 거침없이 대답했다. 그러자 여사원의 입가에 미소가 걸렸다.

여사원은 자신이 다니고 있는 회사와 사장이 인천의 어느 조직과 연관이 있다는 사실을 어느 정도 알고 있었다.

그러니 이곳이 어디라고 아직 머리에 피도 안 마른 어린애가 자신들의 사장을 만나겠다고 온단 말인가?

어림도 없는 소리였다.

여사원은 피식 웃으며 입을 열었다.

"꼬마야. 이곳은 너 같은 애가 오는 곳이 아니란다. 좋게 말로 할 때 그만 집에 가렴."

여사원은 지금과 같은 상황을 많이 겪어왔다.

지금처럼 밑도 끝도 없이 사장님과 약속을 했다느니, 중요한 용건이 있다느니 하면서 찾아온 사람들이 많이 있었다.

하지만 그 경우 거의 대부분이 잡상인이거나 종교인, 혹은 보험 설계사로 끝이 좋지 않았다.

한진건설 회사는 조직이 운영하는 기업.

외부인인 것처럼 속여서 사장을 만나러 왔다가 갑자기 습격을 하는 다른 조직의 조직원도 가끔 섞여 있었던 것이다.

그 때문에 회사와 조직의 안전을 위해 정체를 알 수 없는 외부인에 대한 제재가 심한 편이었다.

"……."

갑작스럽게 태도와 말투가 바뀐 여사원의 말에 현성은 침묵했다. 눈앞에 있는 여사원의 표정을 보아하니 자신을 잡상인이나 그와 비슷한 사람 취급을 하고 있다는 사실을 알 수 있었다.

"사장님 불러주세요. 제가 직접 이야기하겠습니다."

"말이 되는 소리를 해. 네가 뭔데 사장님을 오라 가라야?"

"용수종 사장님의 손님이죠."

그 말에 여사원은 코웃음을 쳤다. 그리고 현성을 위아래로 훑어봤다. 아무리 봐도 평범한 소년으로밖에 보이지 않았다.

"꼬마야. 너처럼 말하는 사람이 어디 한둘인줄 아니? 좋게 말로 할 때 그냥 가라."

여사원의 말에 현성은 한숨을 내뱉었다. 설마 회사 입구에서 제재를 받을 줄이야.

"저는 용 사장님 부탁으로 왔습니다. 한번 확인해 보시죠."

"뭐?"

이쯤 되자 여사원의 눈초리가 살짝 올라갔다.

용수종이 누구던가?

인천의 뒷세계를 주름잡는 조직 중 하나인 후광파의 보스이며, 중견 기업 수준인 한진건설 회사의 사장이었다.

그런 용수종 사장이 눈앞에 있는 평범하기 짝이 없는 소년에게 부탁을 했다니? 그게 어디 가당키나 한 소리란 말인가?

그리고 만약 여사원이 아직 피도 마르지 않은 소년의 말을 듣고 확인을 하기 위해 용 사장에게 연락을 했다고 생각해 보라.

보나마나 불호령이 떨어질 게 뻔했다. 일개 사원이 어린애의 말을 듣고 쓸데없이 연락했다고 하면서.

"잠꼬대는 자면서 하는 법이야. 사장님이 뭐가 부족해서 너 같은 애한테 부탁을 하니? 네가 무슨 부잣집 자제라도 돼?"

"아니요."

"그럼 아버지가 국가공무원이나 어디 회사의 임원이야?"

"둘 다 아닙니다."

"그것 보렴. 사장님이 너와 만나야 할 이유가 없잖니. 네가 무슨 특별한 게 있으면 또 모를까."

여사원은 그럼 그렇지라는 표정을 지었다.

혹시나 싶어서 현성이 누구인지 물어보았지만 대답은 예상대로였다. 집이 부자인 것도 아니었고, 가족이 정계에 관련이 있는 인물도 아니었다.

여사원은 사장님이 부탁을 했다는 현성의 말을 믿을 수 없었다. 그러자 여사원의 말에 현성은 쓴웃음을 지을 뿐이었다.

현성에게는 특별한 점이 있었지만 그것을 말해줄 수 없었으니까. 아니, 지금 상황으로 봐서는 말해준다 해도 믿지 않을 분위기였지만.

"무슨 일이야?"

그때 안내 데스크 쪽으로 검은색 양복을 입고 있는 건장한 체격의 사내가 다가왔다.

나이는 서른 정도로 보였으며 여사원과 현성이 실랑이를 벌이고 있자 무슨 일인지 확인하기 위해 온 모양이었다.

"아, 최 주임님. 아니 글쎄 이 애가 자꾸 사장님을 만나겠다고 하잖아요."

"뭐? 사장님을?"

최 주임이라고 불린 검은색 양복의 사내는 현성을 유심히 바라봤다. 어디서나 볼 수 있는 평범한 소년으로밖에 보이지 않았다. 그 사실에 최 주임은 인상을 팍 쓰며 말했다.

"넌 뭐하는 놈이냐?"

"말이 좀 험하군. 손님을 이렇게 대해도 되나?"

최 주임의 말에 기분이 살짝 나빠진 현성의 말투가 달라졌다. 그러자 최 주임의 눈초리가 사납게 올라갔다.

"뭐? 이런 대가리에 피도 안 마른 자식이, 미쳤나!"

최 주임은 현성의 어깨를 붙잡았다. 현성을 붙잡고 밖으로 끌고 나갈 생각이었던 것이다.

그 순간,

텅!

"헛!"

별안간 최 주임의 손이 크게 튕겨졌다. 최 주임은 놀란 눈으로 자신의 손과 현성을 번갈아 바라봤다.

"크……! 너 이 자식, 방금 무슨 짓을 한 거냐?"

"글쎄……."

현성은 피식 헛웃음을 흘렸다.

"그보다 용 사장은 어디 있지?"

"이 미친놈이 사장님을 막 부르네. 말로 해서는 안 되겠구나!"

최 주임은 눈을 부라리며 현성을 노려봤다. 당장에라도 한 대 칠 기세였다.

일촉즉발의 위기 상황!

"거기 무슨 일이야!"

그때 로비 입구 쪽에서 안내 데스크 쪽으로 고함을 치는 사람이 있었다.

그는 심기가 불편해 보였다. 사람들의 눈이 많은 공공장소에서 최 주임이 험악한 분위기를 조성하고 있었기 때문이다.

"최 주임! 지금 뭐하는 건가!"

한걸음에 안내 데스크로 온 그는 최 주임을 향해 호통을 치며 따지듯 물었다.

"헙! 김 과장님!"

30대 중후반으로 보이는 사내의 등장에 최 주임은 깜짝 놀란 표정을 지었다.

김 과장은 최 주임이 소속되어 있는 경비부에 영향력이 큰 인물이었기 때문에 허투루 대할 수 없었다.

최 주임은 황급히 허리를 숙였고, 여사원 또한 김 과장의 등장에 미소를 지으며 인사를 건넸다.

"안녕하십니까!"

"어서 오세요, 과장님."

"인사는 됐고, 대체 무슨 일인가?"

"그게, 이 어린놈이 미쳤는지 사장님 이름을 막 부르면서 만나야겠다고 하지 않습니까."

"사장님을?"

최 주임의 말에 김 과장이라고 불린 사내는 눈살을 찌푸리며 현성을 노려봤다. 그리고 얼마 지나지 않아 여사원과 최 주임이 내린 것과 동일한 결론을 내렸다.

현성을 개념이 없는 애새끼로 판단한 것이다.

"꼬마야. 여긴 네가 올 곳이 아니다. 다치기 전에 그만 집에 가라. 괜히 소란 일으키지 말고."

김 과장은 여사원이나 최 주임이 했던 말을 반복하며 현성을 내쫓으려고 했다.

그 말에 현성은 속으로 한숨을 내쉬었다

'이럴 줄 알았으면 미리 용 사장에게 연락을 하고 올 걸 그랬군.'

얼마 전 현성은 용 사장과 연락을 하면서 전화상으로 하기 힘든 중요한 용무가 있으니 회사로 한번 얼굴을 비쳐 달라는 말을 들었다. 그래서 현성은 조만간 연락을 하겠다는 말을 남기고 통화를 끊었다. 그리고 주말인 토요일에 급작스럽게 한진건설 회사를 방문한 것이다.

그동안 연락을 해볼 생각이긴 했었지만, 학교 공부를 마치고 마법 협회에서 유나와 함께 마법 수련을 해야 했기에 용 사장에 대해 신경 쓸 겨를이 없었다.

그러다가 주말이 되자 그나마 숨통이 트인 현성은 학교를 마치고 집에 갔다가 사복으로 갈아입은 후 한진건설 회사에 왔다.

물론 저녁에는 인천 역사 유물 박물관의 지하 수련장에서 유나와 마법 수련을 해야 했기에 시간적 여유가 많은 편은 아니었다.

그 때문에 용 사장에게 연락할 겨를도 없이 바로 한진건설 회사로 달려온 것이다.

그런데 연락을 하지 않았더니 출입구에서부터 이런 제재를 당할 줄이야.

"잠깐!"

그때 무언가 떠오른 표정으로 김 과장이 현성을 바라봤다.

"……?"

"왜 그러십니까?"

그러자 여사원과 최 주임은 의아한 표정을 지었다.

하지만 김 과장은 그들을 무시하며 눈앞에 있는 현성을 유심히 살폈다.

"헛! 서, 설마……!"

순간 한진건설 건축부 과장, 김진철은 눈을 부릅떴다.

그가 속한 건축부는 대부분이 후광파의 조직원들로 구성되어 있으며, 김진철 과장 또한 마찬가지였다.

그 때문에 그는 잘 알고 있었다.

현 사장인 용수종이 후광파를 접수하는데 큰 도움을 준 전설적인 인물에 대해서.

"혹시 회장님… 이십니까?"

김 과장은 확인을 구하듯 중얼거리며 말했다.

만약 눈앞에 있는 소년이 자신이 생각하는 인물이 맞다면…….

"다행이군. 그래도 날 알아보는 자가 있어서."

현성은 피식 웃으며 말했다.

"……!"

그러자 김 과장의 얼굴이 새파랗게 질렸다. 조금 전 현성의 말은 김 과장의 의심을 확신으로 바꾸어주었기 때문이다.

"정말 죄송하게 되었습니다!"

김 과장은 허리를 90도 각도로 숙이며 소리쳤다.

그는 기억하고 있었다. 현성이 후광파를 접수하기 위해 용수종과 함께 조직원을 제압하는 모습을.

그 당시 현성의 활약은 눈부셨다.

단 혼자서 대부분의 조직원을 처리했으니까.

그 때문에 후광파의 조직원은 누구나 현성을 인정할 수밖에 없었다. 비록 현성의 나이가 어리더라도 말이다.

그리고 무엇보다 현 후광파의 보스이자 한진건설 회사 사장인 용수종이 형님으로 모시고 있었으며, 이미 그 사실을 알 만한 자들은 다 알고 있었다.

"과, 과장님?"

갑작스러운 김 과장의 행동에 최 주임과 여사원은 어안이 벙벙해졌다. 대체 왜 김 과장이 눈앞에 있는 소년을 깍듯이 대하는 것일까?

최 주임과 여사원은 김 과장이 어떤 인물인지 잘 알고 있었다.

그는 남에게 굽히지 않는 불같은 성격의 소유자로 저런 나이 어려 보이는 소년에게 절대 머리를 숙이는 일이 없는 위인이었다.

그런데 어째서?

'최 주임 이 개새끼, 나중에 두고 보자.'

김 과장은 아직 상황을 파악하지 못하고 있는 최 주임을 죽일듯이 노려봤다. 눈앞에 있는 소년이 누구인줄도 모르면서 폭언을 일삼다니!

어디 그뿐인가?

최 주임 때문에 자신까지 현성을 무시하며 어린애 취급을 했다. 이로 인해 현성이 자신을 어떻게 대할지부터가 벌써 걱정이 되기 시작했다.

"김 과장이라고 했나?"

"예."

"용 사장이 있는 곳으로 안내를 해주었으면 좋겠군."

"여부가 있겠습니까. 이쪽으로 오십시오. 제가 편안하게 모셔다 드리겠습니다."

김 과장은 현성을 정중하게 대하며 말했다.

그리고 용 사장이 있는 사장실로 가기 전 최 주임을 향해 눈을 부라리는 것도 잊지 않았다.

"그럼 가지."

"예."

그렇게 김 과장은 현성을 데리고 한진건설 본사 빌딩 최상층에 있는 사장실로 발걸음을 옮기기 시작했다. 그리고 뒤에 남겨진 최 주임과 여사원은 멍한 표정을 지었다.

"최 주임님."

"왜?"

"우리 이제 어떻게 되는 건가요?"

"그걸 몰라서 물어? 그냥 망한 거지."

"아무래도 그렇겠죠?"

서로 실없는 말을 주고받으며 최 주임과 여사원은 현성과 김 과장이 멀어져가는 뒷모습을 넋 놓은 채 바라만 보고 있었다.

제 5 장
요모기 연합

한진건설 회사 사장실.

빌딩 최상층에 위치한 사장실은 전망이 좋은 자리였다. 사장실 창가에서 밖을 내다보며 용 사장은 생각에 잠겨 있었다.

'큰일이군. 설마 놈들이 이렇게 빨리 움직일 줄이야.'

최근 인천 뒷세계가 술렁거리고 있었다.

인천은 전 세계에서 외국인들이 방문하고 있는 국제도시인 탓에 여러 가지 문제가 생겨났다. 다문화 사회가 되면서 생각하지 못했던 문제점이 속속 나타나기 시작한 것이다.

그중 하나로 해외에서 밀수되는 물건들이 있었다.

지금 용 사장이 걱정하고 있는 것이기도 했다.

'빨리 손을 쓰지 않으면 인천이 어떻게 될는지…….'

용 사장은 눈을 가늘게 떴다.

해외에서 인천으로 밀수되고 있는 물건들 탓에 용 사장의 걱정은 이만저만이 아니었다. 자칫 잘못하다간 조직 간의 밸런스가 붕괴될 위험성도 있었다.

그 때문에 용 사장이 혼자서 어떻게 해보려고 했었지만, 역부족이었다. 그래서 이번에 현성의 도움을 받기로 결정을 내린 것이다.

"그나저나 형님에게 언제 연락이 오려나……."

지난번 전화 통화에서 용 사장은 현성에게 조만간 다시 연락을 하겠다는 말을 들었다. 그 후 이제나저제나 현성으로부터 다시 연락이 오기만을 기다리고 있었다.

만약 시간이 늦어진다면 조만간 직접 연락을 할 생각이었다.

—사장님. 그분이 찾아오셨습니다.

그때 인터폰에서 김 과장의 목소리가 들려왔다.

"그분이라니?"

—회장님이십니다.

"뭐?"

김 과장의 말에 순간 용 사장의 안색이 급변했다.

"당장 모셔라."

—예, 알겠습니다.

용 사장은 현성이 아무런 연락 없이 회사에 직접 방문했다는 사실에 놀란 표정을 지었다.

"정말 죄송합니다, 형님."

용 사장은 사장실에서 현성에게 고개를 숙이며 사과했다.

"됐어. 연락도 없이 바로 찾아온 것이니 어쩔 수 없지."

현성은 고개를 흔들며 말했다. 건물 로비에서 회사 직원들과 실랑이를 벌이긴 했지만 김 과장 덕분에 현성은 무사히 용 사장이 있는 사장실에 도착할 수 있었다.

현성은 사장실 중앙에 마련되어 있는 손님 접대용 소파에 몸을 묻으며 입을 열었다.

"그보다 무슨 일이지? 전화상으로 이야기하기 힘들 정도면 큰일인가 본데?"

"예."

용 사장은 어두운 표정으로 대답하며 자신의 자리에 앉았다. 그리고 천천히 현성을 부른 이유를 설명하기 시작했다.

"최근 일본에서 야쿠자들이 대거 인천으로 입국해 들어오고 있습니다."

"야쿠자들이?"

현성은 놀란 표정을 지었다.

야쿠자가 누구던가? 일본의 조직폭력단이 아닌가?

한 두 명 정도라면 모를까 인천으로 대거 입국해 들어왔다면 문제가 생길지도 몰랐다.

“저희 쪽 정보에 의하면 벌써 스무 명이 넘는 인원이 입국해 왔으며, 경찰 쪽에서도 예의주시하고 있는 모양입니다.”

“흠… 그래서 나한테 부탁할 거라는 게 뭐지?”

“그전에 이것을 봐주십시오.”

용 사장은 현성에게 검은색 비닐봉지를 내밀었다.

“이게 뭔가?”

“얼마 전 포장마차 앞에서 형님에게 혼이 난 삼인조 녀석들이 지역 순찰을 돌다가 발견한 물건입니다.”

“그때 그 녀석들 말이로군.”

현성은 피식 웃음을 흘렸다. 포장마차 삼인조 녀석들이라면 아직 기억하고 있었다.

“무언가 중요한 물건인가 보지?”

“예. 이것 때문에 형님을 부른 것이니 말입니다.”

현성은 용 사장의 말을 들으며 검은색 비닐봉지에 든 물건을 확인했다. 하얀 가루약 같은 것이 비닐봉지 안에 들어 있었다.

그것을 보는 순간 한 가지 생각밖에 떠오르지 않았다.

“설마 마약은 아니겠지?”

현성은 눈살을 찌푸리며 말했다. 그 말에 용 사장은 씁쓸한 표정으로 고개를 흔들었다.

“유감이지만 필로폰 10g입니다. 시가로 약 3천3백만 원 정도 되며 330명이 투여할 수 있는 양이지요."

"허, 겨우 이 정도 양에 3천3백만 원? 그리고 330명이 투여할 수 있다니……."

현성은 놀란 표정을 지었다.

3천만 원 이상이면 대기업의 신입사원 1년 연봉에 해당하는 금액이다. 거기다 얼마 되지도 않는 양임에도 불구하고 무려 330명이나 투여 할 수 있다는 소리에 놀라지 않을 수 없었다.

"이봐, 용 사장. 설마 이거 후광파에서 취급하는 물건은 아니겠지?"

현성은 날카로운 눈으로 용 사장을 바라봤다. 그러자 용 사장은 현성의 말에 고개를 흔들며 강하게 부정했다.

"절대 그렇지 않습니다. 조금 전에도 말씀드렸다시피 이건 부하 녀석들이 발견한 물건입니다. 저희들은 절대로 마약에 손을 댄 적이 한 번도 없습니다."

마약은 한진철이 보스 자리에 있을 때도 건드리지 않은 물건이었다.

확실히 마약 사업은 돈벌이가 좋긴 했지만, 마약 청정국인 한국에서 취급하기에는 여러모로 위험성이 높았다. 대한민국 경찰과 검찰의 눈을 피하기란 어려운 일이었기 때문이다.

"그럼 이건 대체 어디서 난 건가?"

"삼인조 녀석들 이야기에 의하면 일본인이 가지고 있었다고 합니다."

"일본인? 설마 야쿠자?"

지금까지 용 사장과의 대화 흐름으로 현성은 일본인이라는 말에 야쿠자를 연상했다.

"예. 이대영의 말에 의하면 일본인이 사시미를 꺼내 들었다고 하더군요. 그뿐만이 아니라 이번에 입국한 야쿠자들이 대규모 마약을 밀수했다는 정보가 있습니다."

"뭐라고?"

현성은 눈썹을 찌푸렸다.

이야기를 들어보니 삼인조를 만났던 일본인은 야쿠자라고밖에 생각되지 않았다. 그리고 무엇보다 인천에 입국한 야쿠자들이 마약을 밀수해 왔다는 사실이 더 큰 문제였다.

현성은 용 사장을 바라보며 질문을 던지기 시작했다.

"이걸 발견한 건 언제지?

"벌써 일주일 전입니다."

"경찰에 신고는?"

"아직 하지 않았습니다."

"하긴, 조직원이 마약을 발견했다고 경찰에 신고하는 건 껄끄러운 일이겠지."

용 사장의 말에 현성은 고개를 끄덕이며 납득했다.

마약은 대한민국에서 중대한 범죄행위다.

만약 이 일을 경찰에 신고할 경우, 경찰에서는 마약 단속을 위해 대대적으로 움직일 것이고 신고자에 대해서도 조사를 하게 될 터. 그와 중에 신고자가 조직원이라는 사실이 드러나면 여간 껄끄러워지는 일이 아닐 수 없었다.

"현재 인천에서 마약이 유통되고 있나?"

"아니요. 아직 마약이 유통되고 있지 않은 모양입니다. 하지만 그것도 시간문제겠지요. 이번 일의 주모자를 잡지 않는 이상 말입니다."

"일본에서 온 야쿠자들 말이로군."

"예."

용 사장은 어두운 표정으로 대답했다.

일본에서 대규모로 들어오기 시작한 야쿠자들.

그리고 일본인이 가지고 있던 10g 정도 되는 필로폰.

이대로 가만히 손 놓고 있다가는 인천 전역으로 마약이 유포 될지도 몰랐다.

"여기서 형님께서 해주셨으면 하는 일이 있습니다."

"내게? 무슨 일이지?"

"며칠 뒤 일본에서 오기로 한 인물을 보호해 주셨으면 합니다."

용 사장의 말에 현성은 눈빛에 이채를 띄웠다.

"지금 나에게 경호원 노릇을 하란 말인가?"

"예. 저희 조직에게 있어서 중요한 인물입니다."

용 사장은 진지한 표정으로 말했다.

그에게 있어서, 후광파에게 있어서 어지간히도 중요한 인물인 모양이었다.

"그 인물이라는 게 누구지?"

"이번 사태를 해결해 줄 인물입니다. 자세한 내용은 경호원 일을 승낙해 주신다면 이야기해 드리겠습니다."

"흠……."

현성은 잠시 생각에 잠겼다.

용 사장과 상부상조하기로 한 이상 그의 부탁을 들어주는 편이 나중에 여러모로 도움이 될 터였다. 그리고 이미 용 사장에게 몇 번 도움을 받은 적도 있지 않은가?

또한, 무엇보다 용 사장이 제안한 일에 흥미가 갔다.

"용 사장. 이번 일은 내가 방학기간이라는 사실을 알고서 부탁한 일인가?"

결국 용 사장의 일을 받아들이기로 결정한 현성은 씩 웃으며 입을 열었다.

"그 이유도 있지요."

용 사장은 현성을 바라보며 마주 웃었다.

조금 전 현성의 말대로 지금 영재 고등학교는 방학 기간이었다. 만약 방학 기간이 아니었다면 용 사장의 부탁을 들어주기가 어려웠을 것이다.

낮에는 학교에서 공부를 해야 하고, 저녁에는 인천 역사 유물 박물관의 지하 수련장에서 마법 수련을 해야 했으니까.

"빈틈이 없군."

"조직의 명운이 걸린 일이니까요."

만약 인천에 마약이 퍼지기 시작하면 혼란이 생길 것이다. 그와 중에 일본에서 활동 중인 야쿠자들이 인천에 상륙하게 된다면 후광파로서는 진퇴양난에 빠질 수밖에 없었다.

앞에서는 마약을 무기로 밀고 들어오는 야쿠자들이, 뒤에서는 한국 경찰들이 가만히 있지 않을 테니 말이다.

"좋아. 일을 받아주도록 하지. 서로 돕자고 말을 꺼낸 건 나였으니 말이야."

"감사합니다."

용 사장은 한시름 놓았다는 표정으로 고개를 숙였다.

그는 현성이 가진 힘이 얼마나 강한지 잘 알고 있었다. 분명 눈앞에 있는 소년이라면 그 어떤 위험한 상황에 빠져도 그녀를 지켜줄 수 있으리라.

"아 참, 용 사장."

"예, 형님."

현성은 무언가 기억난 표정으로 고개를 숙이고 있는 용 사장을 불렀다. 이전부터 용 사장에게 알아보고 싶었던 일이 하나 있었다. 하지만 그동안 바쁜 생활을 해오던 터라 생각만 하고 연락은 미처 하지 못했다. 그러던 차에 오늘 직접 만나게 되었으니 용 사장에게 물어볼 생각이었다.

"혹시 인천 역사 유물 박물관에 대해 알고 있는 건 없나?"

"……!"

순간 용 사장의 눈이 부릅떠지고 양팔이 부들부들 떨렸다. 그리고 얼굴 또한 창백하게 질려갔다.

용 사장은 명백하게 동요하고 있었다.

"그것을… 형님께서 어떻게 아시는 겁니까?

"박물관에 대해 알고 있나보군."

한눈에 봐도 동요하고 있는 용 사장의 반응에 현성은 눈을 가늘게 떴다.

"알고… 있지요. 어떻게 모를 수 있겠습니까. 그 괴물 집단에 대해서."

용 사장은 평소 그답지 않게 두려움에 질려 있었다. 그는 덜덜 떨리는 손으로 사장실 책상 위에 있는 물컵을 집어 들더니 단숨에 비웠다.

"진정 좀 하는 게 어떤가?"

현성은 긴장한 티가 역력한 용 사장의 어깨에 손을 얹혔다. 그리고 그의 몸에 마나를 불어넣기 시작했다.

그러자 용 사장은 온몸을 죄어 오는 긴장이 풀림을 느꼈다.

"후… 죄송합니다. 못난 모습을 보이고 말았군요."

진정성이 있는 현성의 마나 덕분에 마음을 안정시킨 용 사장은 평소의 얼굴로 돌아왔다. 하지만 아직 그의 눈빛에는 미약한 공포가 남아 있었다.

"자네가 이런 반응을 보일 정도면 인천 역사 유물 박물관은 보통 단체가 아닌 모양이로군."

"그 집단이 박물관이라니 그저 웃음밖에 나오지 않습니다."

"그럼?"

용 사장은 현성을 물끄러미 바라봤다. 그리고 조용히 고개를 저었다.

"죄송하지만 형님. 저는 그 집단에 대해서 말할 수 없습니다."

"뭐? 그게 무슨 소리지?"

"저희 세계에서 불문율처럼 내려오는 일입니다. 그 박물관에 관해서 절대 알아보려고 하지 말라는… 그리고 절대 건드리지도 말고 거스르지도 말라는 말이 있지요."

용 사장의 말에 현성은 눈썹을 찌푸렸다.

"그만큼 위험한 단체라는 소리인가?"

"예. 그 박물관은 명실상부한 뒷세계의 실세입니다. 들리는 소문에 의하면 정부조차도 건드리지 못한다고 하더군요."

'역시 마법 협회라고 해야 하나?'

현성은 속으로 쓴웃음을 지었다.

인천 역사 유물 박물관의 영향력은 국내에서도 무시하지 못할 수준인 모양이었다. 뒷세계는 물론 정부조차 함부로 '대'하지 못한다고 하니 말이다.

"그 외에는?"

"모릅니다. 그 박물관에 대해서는 소문만 무성할 뿐입니다. 다만……."

"다만?"

"과거 뒷세계의 거대 조직 중 하나가 인천 역사 유물 박물관을 습격했던 적이 있었습니다."

"호오? 그래서?"

"단 하룻밤 만에 뒷세계의 조직이 사라졌습니다."

"뭐?"

용 사장의 말에 현성은 놀란 표정을 지었다.

뒷세계의 거대 조직은 후광파보다도 규모가 몇 배는 더 크다. 그 정도 규모라면 지금의 현성이 상대한다고 해도 하룻밤 만에 제압하기 힘들었다.

"인천 역사 유물 박물관을 적대했던 조직이 처음부터 없었던 것처럼 증발해 버렸습니다. 그 이후 뒷세계의 조직들 사이에서 그 박물관을 건드리면 안 된다는 불문율이 생겼지요. 제가 아는 것은 이게 전부입니다."

"그렇군."

고개를 끄덕이며 대답하는 현성의 얼굴은 심각했다.

용 사장의 말에 의하면 인천 역사 유물 박물관은 강력한 무력을 가진 위험한 집단이라는 사실을 알 수 있었기 때문이다.

'하긴, 인천 역사 유물 박물관은 마법 협회이니 그 정도쯤

은 아무것도 아닐 테지.'

현대에서 마법을 다루는 만큼 위험한 집단이라고 생각은 했었지만 뒷세계의 거대 조직 하나를 하룻밤 만에 없애 버릴 줄이야. 생각보다 마법 협회의 무력은 큰 모양인가 보다.

그리고 뒤처리도 깔끔했다. 뒷세계의 거대 조직 하나를 처음부터 존재하지 않았던 것처럼 만들어 버렸다고 하니 말이다.

"형님."

"왜?"

"그 괴물 같은 박물관에 대해서 어떻게 알고 계신 겁니까?"

"그냥 소문을 들어서 말이야. 궁금해서 물어봤을 뿐이다."

"예……."

현성은 용 사장의 질문에 대충 얼버무리며 대답했다.

딱히 용 사장에게 자신이 인천 역사 유물 박물관에 들어갔다고 말할 필요는 없었다. 그리고 용 사장은 인천 역사 유물 박물관의 진정한 정체에 대해서는 모르고 있는 모양이었다.

'거기다 아무에게도 마법 협회에 대해 이야기하지 말라고 했었지. 설사 그게 가족이라 해도 말이야.'

이미 현성은 마법 협회에서 비밀 엄수에 대해 교육을 들었었다. 마법 협회의 비밀 엄수는 매우 중요한 일이었다.

만약 이를 어길시 엄청난 불이익과 패널티가 가해진다고

했다.

"그럼 난 이만 돌아가도록 하지. 바쁜 시간 뺏어서 미안하군."

"아닙니다. 언제든지 찾아와 주십시오. 오늘과 같은 불상사는 두 번 다시 없을 겁니다. 그리고 경호에 관한 일은 나중에 메일로 보내드리겠습니다."

"음."

현성은 고개를 끄덕이며 대답했다.

그렇게 현성은 용 사장을 뒤로하고 사장실을 나왔다.

* * *

인천의 한 룸살롱.

어두운 조명이 은은히 밝히고 있는 아담한 크기의 방 안에 두 명의 사내가 이야기를 나누고 있었다.

"예정대로 그들이 한국에 입국한다고 합니다."

어딘가 얍삽한 일본원숭이처럼 생긴 30대 중반의 사내가 입을 열었다. 그러자 날카로운 인상을 지닌 40대 초반 사내가 차가운 눈빛으로 말했다.

"그렇습니까? 계획에는 변동이 없겠지요, 노부유키 씨?"

"예. 물론입니다. 김남철 보스."

노부유키라고 불린 30대 중반의 사내는 기분 나쁜 미소를 지으며 고개를 끄덕였다. 이름에서 알 수 있듯이 그는 일본인이었지만, 유창한 한국말을 구사 할 수 있었다.

"만약 우리 조직이 그 일만 성공한다면……."

"극동회에서 적극적인 지원을 해드리겠습니다."

"그때가 오면 잘 부탁드리겠소."

"물론이지요."

그들은 서로를 바라보며 마주 웃었다.

'이번 일만 성공한다면 인천은 우리 조직의, 아니 내 손으로 지배할 수 있다!'

인천의 뒷세계 조직 중 하나인 뉴 엘리트파의 보스 김남철은 가슴이 뛰는 것을 느꼈다.

지금 자신의 눈앞에 있는 사내는 일본 거대 야쿠자 조직 중 하나인 극동회에서 파견한 인물이었다.

그와 인연을 갖게 된 김남철은 자신에게 기회가 왔다고 생각했다. 노부유키가 의뢰한 일을 완수만 하게 된다면 극동회의 전폭적인 지원을 받기로 한 것이다.

만약 그렇게 된다면 인천을 자신의 지배하에 놔둘 수 있었다.

'이것으로 지긋지긋한 후광파 놈들을 끝장내 버릴 수 있겠군.'

김남철은 만족스러운 미소를 지었다.

후광파와는 오래전부터 인천을 두고 서로 대립하며 라이

벌 관계에 있었다.

두 세력은 서로 비등비등했기에 함부로 건드리지 못했다. 하지만 뉴 엘리트파가 극동회의 지원을 받게 된다면 이야기는 달라진다.

후광파 따위 이제 안중에도 없어지게 되는 것이다.

그 때문에 김남철은 극동회에 대한 기대가 컸다.

"자, 그럼 이야기는 이만하고 즐깁시다!"

"저야 좋지요!"

이야기를 마친 김남철은 룸살롱에 있는 아가씨들을 불렀다. 얼마 지나지 않아 그들이 있는 방 안에 눈이 돌아갈 것 같은 야한 복장의 여인들과 웨이터들이 고급 양주를 들고 나타났다.

"좋은 시간 보내십시오."

고급 양주를 테이블에 올려둔 웨이터들은 고개를 꾸벅 숙인 후 밖으로 나갔다.

잠시 후, 노부유키와 김남철은 여인들과 노닥거리며 흥청망청 술을 마시기 시작했다.

"오늘은 술맛이 참 좋군요."

"술 마시기에 좋은 분위기 아닙니까? 흐흐."

김남철의 말에 노부유키는 음흉한 미소로 방안에 있는 여인들을 곁눈질하며 말했다. 아름다운 여인들이 야한 복장으로 곁에 있으니 술맛이 좋을 수밖에 없을 터였다.

하지만 본심은 달랐다.

'멍청한 조센징 같으니.'

노부유키는 김남철을 속으로 마음껏 비웃었다.

왜냐하면 김남철의 말대로 술맛이 좋을 수밖에 없었기 때문이다. 노부유키는 김남철이 마시고 있는 술잔에 아무도 모르게 마약을 탔던 것이다.

그 사실도 모르고 마약이 든 술을 마시며 술맛이 좋다고 하는 노부유키로서는 김남철이 우스꽝스러울 수밖에 없었다.

'이제 이놈은 내 손아귀에서 벗어나지 못한다.'

노부유키는 여인과 술에 취해 헤롱거리는 김남철을 바라보며 만족감이 깃든 비웃음을 흘렸다.

비록 노부유키는 겉모습이 멍청한 일본원숭이처럼 생겼을지는 모르지만, 그의 속은 여우마냥 음흉하기 짝이 없었다.

노부유키는 김남철을 마음대로 조종하여 극동회가 한국에 진출할 발판으로 만들 생각을 하고 있었으니까.

그 일환으로 우선 인천에 마약을 유통시킬 생각이었다. 하지만 노부유키의 진정한 목적은 따로 있지만 말이다.

그에 반해 김남철은 극동회의 지원을 받아 인천을 지배하겠다는 야망을 꿈꾸고 있었다.

그렇게 그들은 서로의 속마음을 숨긴 채 룸살롱 안에서 술에 취해 여인을 탐닉하며 퇴폐적인 시간을 보내기 시작했다.

* * *

부아아아아앙!

비행기가 이착륙하는 시끄러운 소리가 멀리서 들려온다.

용 사장의 의뢰를 받아들인 현성은 일본에 오기로 했다는 자들을 만나기 위해 인천국제공항에 와 있었다.

"비행기가 도착할 시간이 되었는데……."

공항 출구 앞에서 자신이 만나야 할 사람을 기다리며 현성은 출구 쪽을 뚫어져라 바라봤다.

이미 자신이 경호해야 할 인물에 대해 알고 있었다.

'설마 내가 경호해야 할 인물이 일본 야쿠자였다니.'

현성은 피식 웃음을 흘렸다.

처음 그 인물에 대해 알았을 때는 살짝 놀랐지만 이내 납득했다. 뒷세계와 관련된 일이었기 때문이다.

그리고 현성이 용 사장에게 받은 의뢰는 간단했다.

이제 곧 인천 공항에 나타날 일본 야쿠자를 후광파에서 준비한 안전 가옥으로 데리고 가기만 하면 되는 일이었다.

본래대로라면 후광파의 조직원들이 마중을 나와서 경호를 해야 했지만, 상황이 여의치 않았다.

라이벌 조직의 움직임이 심상치 않았던 것이다.

일본에서 올 인물을 호위하려면 적지 않은 조직원을 동원해야 했다. 그로 인해 라이벌 조직을 자극할 수 있었다.

그래서 용 사장은 현성에게 도움을 요청한 것이다.

현성이라면 혼자서라도 충분히 일본에서 올 인물을 보호할 수 있을 테니까.

용 사장이 현성에게 지원한 것은 중형 버스 한 대와 운전수 한 명뿐이었다.

"저기 오는군."

현성의 시야에 드디어 자신이 기다리던 인물이 출구 쪽에서 나타나는 모습이 보였다.

검은색 양복으로 무장한 열 명 정도 되는 인원들.

한눈에 봐도 보통 인물이 아니라는 사실을 알 수 있었다.

하나같이 주변을 경계하고 있는 날카로운 시선에 주위를 압도하는 위압감을 내뿜고 있었으니까.

그런 그들 중에서도 시선을 확 잡아끄는 인물이 있었다.

'요모기 쿠레하.'

바로 현성이 경호해야 할 중요 인물임과 동시에 일본 야쿠자 조직 요모기 연합의 후계자. 그리고 20대 중후반의 아름다운 외모를 가진 여인이었다.

그녀는 양복 위에 검은색 코트를 걸치고 있었으며, 허리까지 내려오는 흑단 같이 길고 검은 머리카락을 지니고 있는 미인이었다.

한눈에 봐도 감탄이 절로 나올 정도로 아름다운 미모였으며, 가늘고 긴 파이프 담배를 우아하게 피고 있는 모습에서는 카리스마도 느껴졌다.

현성은 그들 앞에 다가가 섰다. 그러자 그들은 현성을 보더니 '이건 뭐지' 라는 표정을 지었다.

"뭐냐, 꼬마?"

선글라스를 쓴 30대 중후반으로 보이는 꽁지머리 사내가 현성을 스윽 노려보며 입을 열었다. 살짝 어눌한 감이 있었지만 유창한 한국어였다.

현성은 그를 바라보며 대답했다.

"후광파에서 왔다."

"뭐?"

그 말에 꽁지머리 사내는 눈살을 찌푸리며 현성을 바라봤다.

그리고 옆에서 파이프 담배를 피고 있던 쿠레하가 담배 연기를 길게 내뿜으며 말했다.

"꼬마. 그건 무슨 농담이지?"

"말 그대로. 내가 후광파에서 당신들을 마중하러 나온 경호원이다."

"하? 경호원?"

쿠레하는 현성의 말에 헛웃음을 흘렸다.

그녀로서는 현성의 말이 너무 웃겼기 때문이다.

그것은 그녀뿐만 아니라 함께 온 요모기 연합 야쿠자들도 마찬가지였다.

아직 머리에 피도 안 마른 애송이가 경호원이라니?

쿠레하는 차가운 표정으로 현성을 바라봤다.

"재미있는 소리를 하는군. 그 말이 거짓말이 아니길 바라지. 만약 거짓말이라면……."

쿠레하의 눈빛이 차갑게 빛났다.

"아무리 꼬마라고 해도 책임을 져야 하니까."

그들은 일본에서 어느 정도 규모가 있는 야쿠자 조직이었다. 거기다 쿠레하는 조직의 후계자다. 그녀에게 거짓말을 하는 것은 곧 요모기 연합 전체를 모욕하는 것과 다를 바 없었다.

"천하의 야쿠자가 말이 많군."

"뭐? 이 건방진 꼬마 녀석이!"

현성의 말에 꽁지머리 사내가 험악한 표정을 지으며 앞으로 나섰다. 한국어를 알고 있는 그는 처음 만났을 때부터 눈앞에 소년이 반말을 쓰고 있다는 사실을 알고 있었다.

거기다 소년의 태도도 건방지기 짝이 없었기에 꽁지머리 사내는 현성에게 교육을 시킬 작정이었다.

하지만 쿠레하는 팔을 내뻗으며 꽁지머리 사내를 제지했다.

"그만해라, 타츠야."

쿠레하는 꽁지머리 사내와 함께 온 야쿠자들에게 눈치를 줬다. 지금 그들이 있는 장소는 사람들의 왕래가 많은 인천국제공항 출구였다. 주변에 보는 눈들이 너무 많았다.

그 때문에 쿠레하는 눈에 띄는 짓은 하고 싶지 않았다.

“배짱 하나는 두둑하군. 아무래도 거짓말은 아닌 모양이야.”

쿠레하는 현성을 바라보며 말했다.

자신들 앞에서 주눅 들지 않고 당당하게 서 있는 현성의 태도를 보아 후광파에서 보낸 인물이 맞는 것 같았다.

“장소를 옮기도록 하지.”

“주차장에 후광파가 준비한 차가 있다.”

“잘됐군.”

그렇게 현성은 쿠레하를 비롯한 일본 야쿠자들을 데리고 인천국제공항 주차장으로 장소를 옮겼다.

제 6 장
마야 창고의 또 다른 비밀

"얕보였군."

인천국제공항 실외 주차장에서 쿠레하는 파이프 담배 연기를 길게 내뿜으며 중얼거렸다.

그녀는 현성의 말을 들었지만 반신반의하고 있었다.

설마 아직 머리에 피도 안 마른 어린애를 후광파에서 자신들을 마중하러 보냈을 거라고는 생각하기 힘들었던 것이다.

하지만 주차장에서 그녀들을 기다리고 있는 것은 믿을 수 없는 사실이었다.

주차장에는 후광파에서 준비한 25인승 중형 버스와 쉰을 훌쩍 넘긴 중년 운전기사가 기다리고 있었다.

자신들을 운송할 중형 버스 운전기사의 이야기를 들은 그들은 현성의 말을 믿을 수밖에 없었다.

정말로 후광파는 아직 머리에 피도 안 마른 어린애를 경호원이랍시고 보낸 것이다.

"대체 후광파의 보스는 무슨 생각을 하고 있는 거지?"

그녀는 도무지 이해가 되지 않았다.

오래전부터 후광파와 요모기 연합은 서로 협력 관계를 맺고 있었다. 후광파가 한진건설 회사를 운영하고 있는 것처럼 요모기 연합 또한 일본에서 기업을 통한 사업을 벌이고 있었다.

그렇기에 후광파는 표면적으로 한진건설 회사를 통해 요모기 연합과 비즈니스 파트너 관계를 맺었다.

그로 인해 후광파는 현재 요모기 연합에서 무슨 일이 벌이지고 있는지 잘 알고 있었고, 요모기 연합이 가진 영향력 또한 알고 있었다.

하지만 요모기 연합을 대하는 후광파의 대우는 어떤가?

상황이 위험한 만큼 후광파의 보스가 직접 올 거라고는 기대도 하지 않았다. 또한, 자신들을 경호하는데 많은 인원이 올 필요도 없었다.

단지, 후광파의 소수정예 조직원들만 와도 충분했던 것이다.

하지만 요모기 연합의 후계자가 직접 방문한다고 미리 알

렸음에도 불구하고 경호원이랍시고 보낸 인물은 건방진 태도를 가진 고등학생 한 명뿐이었다.

쿠레하를 비롯한 야쿠자들은 기가 막힐 수밖에 없었다.

"누님. 이건 모욕입니다. 후광파에서 저희들을 아주 물로 보는 거 아닙니까?"

"나도 그렇게 생각한다. 저런 애송이를 경호원이라고 보내다니… 후광파는 지금 상황이 어떤지 모르는 건가?"

쿠레하와 꽁지머리 사내는 일본어로 자기들끼리 대화를 나눴다. 현재 발생하고 있는 일들은 굉장히 민감하고 위험했다. 그녀들이 한국에 입국했다는 사실만으로도 방해 세력들이 습격을 해올지도 몰랐다.

그뿐만이 아니었다.

체면을 중시하는 조직 세계의 특성상 후광파의 대응이 성의가 없다고 생각한 그들은 자존심에 금이 갔다.

당연히 현성을 바라보는 그들의 시선이 고울 리 없었다.

그런 그들의 분위기를 느낀 현성은 요모기 연합의 야쿠자들을 향해 일본어로 말을 걸었다.

"별로 당신들을 얕본 게 아니야."

"호오? 일본어를 할 줄 아는 건가?"

"기본적인 회화라면 가능한 정도지."

"이제 보니 후광파에서 경호원이 아니라 통역관을 보냈나 보지? 그것도 어설프기 짝이 없는."

쿠레하는 현성이 일본어를 유창하게 한다는 사실에 흥미를 보였지만 이내 비아냥거리는 어조로 말했다.

그 말에 현성은 피식 웃었다.

"그건 두고 보면 알 일이지. 한 가지 말해줄 수 있는 건 후광파는 결코 당신들을 얕보거나 무시한 게 아니야."

"웃기는군. 너 같이 아무런 힘도 없는 애송이를 보냈으면서 무시한 게 아니라고?"

쿠레하의 어조에 미미한 분노가 비치기 시작했다.

"물론. 용 사장이 직접 나에게 부탁했을 정도니까."

"뭐?"

그 말에 쿠레하는 살짝 놀란 표정을 지었다.

용 사장에 대해서라면 그녀도 이미 알고 있었다.

한진건설 회사의 사장이자 후광파의 보스였던 한진철을 밀어내고 그 자리를 차지한 인물.

한진철이 후광파의 보스였던 시절 때부터 요모기 연합은 서로 교류를 해오고 있었다.

그 덕분에 쿠레하는 한진철에 대해 알고 있었으며 평소 그를 마음에 들어 하지 않았다.

한진철의 일처리 방식은 그녀가 봐도 막무가내였으며, 화려하게 일을 벌인 것에 비해 성과가 작았다.

그 때문에 요모기 연합은 후광파에서 조금씩 손을 떼려는 움직임을 보이고 있었다.

하지만 용수종이라는 인물이 한진철을 밀어내고 후광파의 보스 자리와 한진건설 회사의 사장 자리에 오르고 나서부터 상황이 변했다.

탁월한 일처리 방식으로 몇 년간 고심하던 해외 사업이 해결되었던 것이다.

그 때문에 쿠레하는 한진철을 밀어내고 후광파를 장악한 용수종을 높이 평가하고 있었다.

'후광파의 보스가 직접 부탁했다고?'

쿠레하는 믿을 수 없다는 눈으로 현성을 바라봤다.

대체 용 사장은 무엇을 보고 이 소년에게 자신들의 경호원을 부탁한 것일까?

사실 쿠레하는 후광파에 대해서, 그리고 용수종에 대해서 실망감이 컸다.

후광파의 보스로 있던 한진철을 밀어낸 용수종의 과감한 행동력과 실력을 믿고 도움을 요청했건만, 자신들을 경호하기 위해 보낸 인물이 눈앞에 있는 애송이였으니 말이다.

"어이가 없군. 대체 너 같은 어린애가 무엇을 할 수 있다는 거냐?"

"적어도 당신들 정도는 얼마든지 상대할 수 있다는 이야기지."

"……."

순간 쿠레하와 야쿠자들로부터 차가운 기운이 뿜어져 나

왔다. 상대를 압도하는 살기였다.

그 속에서 쿠레하는 눈을 차갑게 빛내며 입을 열었다.

"꼬마. 우리는 한국에 놀러 온 게 아니다. 하물며 너 같은 겁 대가리를 상실한 핏덩어리에게 모욕을 당하러 온 것도 아니지."

"그래서?"

"자기가 한 말에 책임을 져라."

쿠레하와 야쿠자들은 흉흉한 눈빛으로 현성을 노려봤다.

"재미있군. 어떤 식으로 책임을 지게 할 생각이지?"

그 말에 쿠레하는 입 꼬리를 말아 올렸다.

"우리들은 고쿠도(極道). 의리에 반하거나 비겁한 일은 하지 않지. 너는 단지 네놈이 내뱉은 요르단 강물 속에 집어 처넣어도 모자랄 말을 증명하기만 된다."

"과연……."

현성은 고개를 끄덕이며 피식 웃었다.

자신은 야쿠자들을 상대할 수 있다고 말했다.

그 말은 곧 눈앞에 있는 십여 명 정도 되는 야쿠자들을 쓰러뜨려야 한다는 소리였다.

'차라리 잘 됐군.'

현성은 속으로 미소를 지었다.

앞으로 자신과 눈앞에 있는 쿠레하를 비롯한 야쿠자들과 함께 지내야 할 시간이 많았다.

그런데 지금 그들은 현성을 무시하고 있었으며, 후광파에 대한 불신과 불만을 품고 있었다.

이 상황을 해결하지 않는 이상 경호를 하는데 지장이 생길지도 몰랐다.

그렇다면 빠르게 해결하는 편이 좋을 터.

"네놈에게 핸디캡을 주지. 굳이 이곳에 있는 우리들 전원을 쓰러뜨리지 않아도 된다. 타츠야를 쓰러뜨릴 수만 있다면 말이야."

쿠레하는 자신만만한 목소리로 말했다.

타츠야는 그녀가 신뢰하는 인물로 조직 내에서 손꼽히는 실력자였다.

아니, 그 이전에 야쿠자 중에서 현성에게 질 인물은 없었다. 쿠레하가 데리고 온 야쿠자들은 모두 조직 내에서도 알아주는 주먹패였으니까.

수많은 싸움터를 전전하며 단련된 그들이 고작 일개 고등학생에게 질 리 없지 않은가?

적어도 쿠레하는 그렇게 생각했다.

"그러니까 저자를 쓰러뜨리면 된다 이건가?"

"그렇다. 타츠야를 쓰러뜨린다면 아무 불만 없이 네 말에 따르도록 하지. 하지만 그러지 못할 경우……."

쿠레하는 차가운 눈으로 현성을 바라봤다.

"우리를 모욕한 네놈과 후광파는 합당한 대가를 치르게 될 것이다."

"후광파까지 말인가?"

"당연하지. 네놈이 타츠야에게 진다면 후광파로부터 정식으로 사과문과 보상을 요청할 것이다. 만약 후광파에서 그것을 거부한다면 피바람이 불겠지."

쿠레하는 차가운 미소를 지었다.

요모기 연합에서 마음만 먹는다면 후광파를 부술 수 있었다. 현재 후광파에서 추진 중인 해외 사업 진출을 방해한다거나 자객을 보내면 되었기 때문이다.

그 외에도 후광파를 없애기 위한 여러 가지 수단과 방법이 있었다.

"그럴 일은 없을 거야. 저 타츠야라는 남자는 절대 나를 이기지 못할 테니까."

"대단한 자신감이군. 그 근거 없는 자신감이 어디서 나오는지 한번 보도록 하지."

"마음대로."

쿠레하와 현성은 서로를 바라보며 의미심장한 미소를 지었다. 지금 그들이 있는 장소는 인천국제공항 실외 주차장이었다. 평일 낮 시간 때문인지는 몰라도 주차된 차들은 많았지만 지나다니는 사람들은 극단적으로 적었다.

즉, 주위의 시선을 신경 쓰지 않아도 된다는 뜻!

현성은 물끄러미 타츠야라는 꽁지머리 사내를 바라봤다.

검은색 선글라스를 낀 날카로운 인상의 사내였다. 무엇보다 수많은 싸움터를 전전한 모양인지 프로다운 노련미가 느껴졌다.

'하지만 내 상대는 아니지.'

현성은 자신을 곱지 않은 시선으로 노려보는 타츠야를 바라보며 피식 웃었다. 전투 경험만 따진다면 눈앞에 있는 꽁지머리 사내보다 현성이 몇 배는 더 많을 터였다.

"이 건방진 조센징 같으니. 각오하는 게 좋을 거다!"

타츠야는 현성을 씹어 먹을 듯이 노려보며 소리쳤다. 분명 현성이 짓고 있던 미소를 본 것이리라.

"글쎄… 각오를 해야 되는 건 과연 누굴까?"

타츠야의 도발에도 현성은 그저 빙그레 웃을 뿐이었다.

일본에서 온 야쿠자를 상대하면서도 현성은 여유를 잃지 않았다. 그 모습이 기분 나쁜 모양인지 타츠야는 당장에라도 달려들듯 자세를 잡기 시작했다.

하지만…….

"헛!"

먼저 움직인 사람은 현성이었다.

여느 때처럼 현성은 2클래스 보조 마법인 헤이스트와 스트랭스를 시전하고 타츠야를 향해 달려들었다.

눈 깜짝할 사이에 전광석화처럼 타츠야의 앞에 다가선 현성은 그가 미처 반응을 보기도 전에 주먹을 찔러 넣었다.

"커헉!"

명치에 현성의 일격을 받은 타츠야는 숨을 토하며 앞으로 무너져 내렸다.

그 한방으로 타츠야는 어이가 없게도 아침에 먹은 음식물을 확인하면서 정신을 잃고 말았다.

"무, 무슨……!"

그 모습을 본 쿠레하는 굉장히 놀란 눈으로 현성을 바라봤다. 그것은 다른 야쿠자들도 쿠레하와 별반 다르지 않았다.

"또 나에게 도전할 자가 있나?"

현성은 여유로운 표정으로 쿠레하와 야쿠자들을 둘러보며 말했다.

"……!"

그 말에 야쿠자들은 서로 눈치를 보기 바빴다.

그들은 타츠야가 조직 내에서 얼마나 강한지 잘 알고 있었다. 그들 중에서 타츠야와 일대일로 맞붙어서 이길 수 있는 자는 없었다.

그런 타츠야를 단 일격에 쓰러뜨리다니!

"이런 말도 안 되는 일이……."

쿠레하는 망연자실한 표정으로 현성을 바라봤다. 겉보기로는 평범한 학생으로밖에 보이지 않는다.

그녀는 저런 평범한 소년이 타츠야를 쓰러뜨렸다는 사실을 믿을 수 없었다.

"빌어먹을!"

"이대로 넘어갈 거라고는 생각하지 마라!"

"이 조센징 자식!"

그렇게 타츠야가 허무하게 쓰러지자 남은 야쿠자이 일본어로 제각각 한마디씩 내뱉으며 현성을 에워쌌다.

아무래도 현성에게 본때를 보여주려는 모양이었다.

그러자 쿠레하가 야쿠자들을 향해 소리쳤다.

"멈춰! 내 얼굴에 먹칠을 할 셈이냐!"

"하지만 누님……!"

"멈추라고 한 말 듣지 않았나!"

"……."

쿠레하의 말에 야쿠자들은 머뭇거리며 물러섰다.

그러자 현성은 쿠레하를 바라보며 물었다.

"어째서 멈췄지?"

"나를 모욕하지 마라. 나는 요모기 연합의 쿠레하다. 한번 한 약속은 반드시 지키지."

쿠레하는 조용한 분노가 타오르는 눈으로 현성을 노려봤다.

그녀는 현성과 약속했다. 타츠야를 쓰러뜨리면 현성의 말을 듣겠다고.

그것은 그녀의 체면이 걸린 약속이었다. 야쿠자를 비롯한 마피아 같은 폭력단들은 체면을 중시한다.

쿠레하 또한 요모기 연합의 후계자.

현성과 한 약속은 마음에 들지 않더라도 지킬 수밖에 없었다. 그것이 그들의 불문율이었으니까.

"의리에 반하는 행동은 하지 않는다… 인가?"

"당연하다."

"과연……."

쿠레하의 대답에 현성은 미소를 지으며 고개를 끄덕였다.

그녀가 약속을 지킨 이유는 체면적인 이유도 있었지만, 그녀 자신이 의(義)와 협(俠)을 지킨다는 이유도 있었다. 본래 야쿠자는 의와 협을 지키며 인의(仁義)를 중요시하게 여겼다.

하지만 현대에 들어서 의협심을 가진 야쿠자는 거의 없으며, 자신들의 이익을 위해서 폭력을 휘두르는 폭력 집단이 되어 있었다.

그것은 쿠레하 또한 마찬가지.

'하지만…….'

그녀는 달랐다.

현성의 생각과는 다르게 쿠레하는 의협심을 가지고 있었던 것이다.

'이대로 일본에 돌려보내지 않아도 되겠군.'

현성은 속으로 만족스러운 미소를 지었다.

조금 전 쿠레하의 말 한마디에 그녀와 야쿠자들의 운명이 결정되었다.

하지만 그런 사실을 모르는 쿠레하는 믿을 수 없는 눈으로 현성을 바라보고 있었다.

"아직도 믿기지가 않는군. 너 같은 어린애가 타츠야를 쓰러뜨리다니……."

"당신이 생각하는 것보다 믿을 수 없는 일이 이 세상에는 많이 있지."

마법 협회가 현대에 존재하는 것처럼 말이다.

"흥. 어쨌든 약속은 약속이다. 네놈의 말을… 믿도록 하지."

쿠레하는 현성을 노려보며 말했다.

쿠레하를 비롯한 야쿠자들은 현성이 지닌 실력의 편린을 엿보았다. 이제 아무도 현성을 무시할 수 없었다.

"그럼 안전 가옥으로 안내하겠다."

그 말을 끝으로 현성은 중형 버스에 올라타려고 했다. 그때 쿠레하가 현성을 불렀다.

"어이."

"왜?"

"네 이름은 뭐지?"

"내 이름?"

쿠레하의 말에 현성은 그제야 아직 서로 통성명을 하지 않았다는 사실을 알아차렸다.

"내 이름은 김현성이다. 당신은?"

"요모기 연합의 요모기 쿠레하다. 네놈에 대한 것은 확실히 기억해두도록 하지."

"마음대로."

현성은 피식 웃으며 대답했다.

그 말을 끝으로 쿠레하와 야쿠자들은 25인승 중형 버스에 올라탔다.

그렇게 모든 인원을 태운 중형 버스는 후광파가 준비한 안전 가옥을 향해 주차장을 떠나기 시작했다.

* * *

고요한 어둠이 차가운 한기와 함께 드리우고 있는 시간.

후광파가 준비한 안전 가옥은 인천 외곽에 위치한 2층짜리 일반 가정집이었다.

50평이 넘는 넓은 집이었기에 일본에서 온 야쿠자들이 지내기에는 충분했다.

현성이 쿠레하와 야쿠자들을 데리고 안전 가옥에 도착했을 때는 이미 어두워져 있었다.

아직 오후 6시밖에 되지 않았지만 한겨울인 탓에 해가 일찍 졌기 때문이다.

"어서 오십시오, 형님!"

안전 가옥에 도착하자 미리 와서 대기 중이던 후광파의 조직원들이 현성을 보고 깍듯이 인사했다.

현재 안전 가옥에는 후광파에서 파견한 정예 조직원 스무 명이 있었으며, 집 안과 집 밖에서 교대로 경비를 서고 있었다.

그리고 그들의 인사를 현성은 당연하다는 듯이 고개를 끄덕이며 받았다.

그러자 쿠레하와 야쿠자들은 신기한 표정을 지었다.

그들의 인사에서 현성이 인정받고 있다는 사실을 알 수 있었던 것이다.

"용 사장은?"

"일처리 할 게 남아 있다면서 조금 늦으실 거랍니다."

"그래?"

대문 앞에서 간단하게 후광파 조직원과 이야기를 나눈 현성은 고개를 뒤로 돌렸다.

"용 사장이 조금 늦을 거라는군."

"후광파의 보스가 이곳에 온다고?"

인천국제공항에서 마중도 나오지 않은 후광파의 보스가 안전 가옥에 온다는 소리에 쿠레하는 살짝 놀란 표정을 지었다.

"인사차 들릴 모양이야."

"그렇군."

현성의 말에 쿠레하는 지금까지 쌓여 있던 불만이 조금은 풀리는 것 같았다. 그녀는 후광파에서 자신들을 무시하고 있는 줄 알았다.

하지만 어쩌면 위험할지도 모르는 안전 가옥으로 후광파의 보스가 직접 찾아온다고 하고, 이미 안전 가옥 이곳저곳에 후광파의 조직원들이 경호를 서고 있었다.

그리고 지금 생각해 보니 후광파가 준비한 25인승 중형 버스도 훌륭했다. 승차감이나 차 내부가 깨끗하고 세련되었던 것이다.

즉, 후광파에서는 자신들을 맞이하기 위해 완벽한 준비를 하고 있었다는 소리였다.

'그런데 왜 인천국제공항에서는 이런 어린 녀석 하나만 보낸 거지?'

비록 현성의 실력이 한가닥 한다는 사실은 알았지만 요모기 연합이 가진 영향력과 체면을 생각한다면 어린아이 혼자만 보내오진 않을 것이다.

'설마?'

쿠레하는 무언가 깨달은 눈으로 현성을 바라봤다.

그녀의 놀란 눈동자에 현성은 씩 웃으며 입을 열었다.

"이제야 눈치챘나 보군."

"너, 너! 공항에 혼자 나온 이유가 있었구나!"

그녀의 말에 현성은 웃음을 흘릴 뿐이었다. 그리고 그녀를 바라보며 부드러운 목소리로 말했다.

"나는 다행이라고 생각한다. 네가 한 말에 책임을 져서."

"……?!"

그 말에 쿠레하는 현성을 뚫어져라 노려봤다. 현성이 말한 의미를 알아차린 것이다.

'이런 어린놈이 우리들을 시험했단 말인가?'

쿠레하는 등줄기가 서늘했다.

타츠야를 단 일격에 쓰러뜨린 것도 모자라 자신들을 시험하고 있었다니!

어디 그뿐인가?

후광파의 조직원들은 전부 눈앞에 있는 소년을 이상하다는 생각이 들 만큼 깍듯이 대하고 있었다.

'대체 이 소년은 뭐지?'

쿠레하는 현성을 괴물 보듯 바라봤다.

아직 학생으로밖에 보이지 않는 나이에 뒷세계의 조직원들로부터 저런 대접을 받고 있으니 놀랍지 않을 수 없었다.

하지만 아직 쿠레하는 한 가지 생각에 미처 이르지 못했다.

현성이 후광파의 보스이자 한진건설 회사의 사장이기도 한 용수종을 막 부르고 있다는 사실을 말이다.

"그럼 들어가지."

대문 앞에서 이야기를 계속하기에는 날씨가 추웠다.

현성은 안전 가옥 밖에 있는 모든 인원들을 데리고 집안으로 들어갔다. 이미 안전 가옥에 도착한 시점에서 현성이 의뢰

받은 일은 끝났지만, 용 사장의 얼굴을 보고 갈 생각이었다.

그렇게 안전 가옥 내부로 들어간 현성은 거실에 마련된 소파에 등을 기대며 입을 열었다.

"용 사장이 올 때까지 차라도 한잔하는 게 어떤가?"

"나는 커피가 좋다만."

"그럼 커피를 타주지."

"타준다고? 네가 직접?"

"왜, 싫나?"

"아니, 그건 아니지만……."

직접 커피를 타주겠다는 말에 쿠레하는 신기한 표정으로 현성을 바라봤다.

"그럼 각설탕 2개, 그리고 시럽이 있다면 그걸로."

쿠레하는 애써 태연한 표정으로 현성에게 자기 취향의 커피를 주문했다. 그러자 현성은 고개를 끄덕이며 답했다.

"알았다. 인생의 쓴맛이 느껴지는 블랙커피가 마시고 싶다는 거군."

"어이."

"농담이다."

현성은 피식 웃음을 흘리며 소파에서 몸을 일으켰다.

그리고 불만스러운 표정을 짓고 있는 쿠레하를 뒤로하고 부엌으로 갔다.

자신이 마실 홍차와 쿠레하에게 줄 커피를 타기 위해서

였다.

잠시 후, 거실로 돌아온 현성은 홍차와 커피를 테이블 위에 올려놓았다.

쿠레하는 현성이 가지고 온 커피를 집어 들었다.

"일단 감사하지."

"별로. 그보다 한국에는 무슨 목적으로 온 거지?"

"이번에는 심문이라도 할 셈인가?"

"아니, 그냥 호기심이다. 궁금한 건 참지 못하는 성격이라서 말이야."

그렇게 말한 현성은 소파에 등을 기대며 홍차를 한 모금 마셨다. 사실 현성은 쿠레하가 어째서 한국에 오게 된 것인지 궁금했다.

용 사장의 말에 의하면 인천에 조금씩 돌기 시작하는 마약 문제를 해결하기 위함이라고 했지만, 과연 그 이유만으로 야쿠자 조직의 후계자가 직접 한국에 온 것일까?

"그럼 별로 이야기하고 싶지 않군."

쿠레하는 현성의 요구를 단칼에 거절했다.

그녀가 한국에 온 이유는 조직이 일으킨 문제의 뒤처리를 하기 위함이었다.

그것은 조직의 체면이 걸려 있는 일이었기 때문에 쿠레하는 별로 이야기하고 싶지 않았다.

"마약 때문에 온 게 아닌가?"

“그걸 어째서?”

쿠레하는 현성의 말에 놀란 표정을 지었다. 하지만 이내 현성이 어디서 그 말을 들었는지 추론해냈다.

“후광파의 보스에게 이야기를 들었나 보군.”

“일을 의뢰받을 때 대충 이야기를 들었지.”

“흥. 다 알고 있으면서 나에게 질문을 한 건가?”

“구체적으로 들은 게 아니니까 말이야. 단지, 마약 문제를 해결할 수 있을 거라고 하더군.”

현성의 말에 쿠레하는 입술을 깨물었다.

자신이 부하들을 데리고 한국에 입국한 이유.

표면적으로는 인천에 돌기 시작하는 마약을 해결하기 위해 요모기 연합에서 후광파를 도와주는 것으로 되어 있었다.

하지만 실제로는 그 반대였다.

요모기 연합에서 후광파에게 도움을 요청했던 것이다.

다름 아닌 조직에서 중요한 물건을 훔쳐간 배신자를 붙잡기 위해서.

“내 목적은 마약을 훔치고 달아난 배신자를 처단하는 것이다.”

“배신자 처단이라…….”

현성은 씩 웃으며 쿠레하를 바라봤다.

‘뭐, 뭐지?’

순간, 현성의 시선과 마주친 쿠레하는 자기도 모르게 움찔

했다. 현성의 눈빛을 보는 순간 빨려 들어가는 것 같은 착각을 느꼈던 것이다.

'무언가 숨기고 있는 게 있군.'

그리고 쿠레하의 반응에 현성은 직감적으로 그녀가 무언가 숨기고 있음을 눈치챘다.

분명 그것이 그녀가 직접 한국에 온 이유이리라.

"뭐, 딱딱한 이야기는 여기까지 하지."

현성은 한걸음 물러섰다.

지금은 그녀가 무언가 숨기고 있다는 것을 알아낸 것만으로도 충분했다. 그녀가 무엇을 숨기고 있는지는 천천히 조사를 하면 될 일이었으니까.

또한, 이미 사전 작업은 마친 상태였다.

그녀가 자신의 눈을 속이고 어디론가 숨거나 도망을 간다고 해도 언제 어느 때든 바로 찾아낼 수 있도록 준비를 해놓았던 것이다.

"형님! 사장님께서 오셨습니다."

그때 후광파의 조직원 중 한 명이 현성에게 용 사장이 도착했다는 소식을 알려왔다.

"이제 왔군."

용 사장이 도착했다는 소식에 현성은 자리에서 일어났다. 자신의 임무는 쿠레하와 야쿠자들을 안전 가옥으로 무사히 경호하는 일이었다.

그 일을 이미 완수한 데다 용 사장까지 온 이상 현성이 밤늦게까지 안전 가옥에 있을 이유는 없었다.

남은 건, 용 사장과 쿠레하가 서로 용무를 보는 것뿐.

그리고 안전 가옥에는 후광파에서 파견한 스무 명이나 되는 조직원과 열 명 남짓한 야쿠자도 있었다.

설령 무슨 일이 생긴다고 해도 그들만으로 해결이 가능할 터. 그렇게 생각한 현성은 집으로 돌아갈 생각이었다.

이 이상 늦는다면 가족들이 걱정할 테니까.

그렇게 현성은 안전 가옥에 도착한 용 사장과 짧은 대화를 마친 후, 가족들이 기다리고 있는 집으로 향했다.

* * *

하얀 달빛이 내려오는 늦은 밤.

후광파에서 준비한 안전 가옥에서 30미터 정도 떨어진 길가에 15인승 검은색 봉고차 4대가 어둠 속에서 줄줄이 서 있었다.

"타깃은 우예 됐노?"

"안전 가옥에 들어간 이후 움직임이 없습니다."

가장 앞에 서 있는 검은색 봉고차에서 말소리가 흘러나왔다. 봉고차의 앞좌석에는 2미터는 되는 거한이 앉아 있었다.

그가 바로 뉴 엘리트파의 행동 대장인 최상철이며 이름보다 쇠망치로 더 알려진 인물이었다.

왜냐하면 그는 항상 조직 간의 항전이나 싸움을 할 때 쇠망치를 들고 상대를 후려패고 다녔기 때문이다.

거기다 성격 또한 쇠망치처럼 화끈하며 걸쭉한 대구 사투리로 유명한 인물이기도 했다.

"잘됐꾸마. 일정에 변함은 없꼬?"

"예, 없습니다. 형님."

운전석에 앉아 있는 동생의 말을 들으며 최상철은 고개를 뒤로 돌렸다.

그곳에 살짝 긴장한 표정으로 앉아 있는 뉴 엘리트파의 정예 조직원들이 있었다.

"어여, 나 봐라."

"예. 형님."

"조금 있다가 쪽바리 놈들이랑 후광파 새끼들 족치러 갈 건데 니네 내 성격 알제? 이번 일 실패하면 나한테 죽는데이. 알겠나?"

"예!"

대구 특유의 사투리와 억양이 깃들어 있는 최상철의 말에 조직원들은 긴장한 얼굴로 소리치며 대답했다.

그러자 최상철은 인상을 팍 찌푸렸다.

"야, 이 문디 자슥들아. 시끄럽게 차 안에서 소리 지르면 우야노? 저짝 놈들이 눈치채면 책임질기가?"

"죄송합니다. 형님."

"마, 됐다. 시간 되면 덮치러 갈 거니 연장들 단디 챙기라. 뒷차 녀석들한테도 연락해 두고."

"예."

조직원들은 전원 고개를 숙이며 대답했다.

그러자 최상철은 좌석에 등을 편안하게 기대며 입을 열었다.

"와, 오늘 진짜 오래간만에 쇠망치에 피 좀 묻혀 보겠네."

그렇게 중얼거리는 최상철의 얼굴은 너무나도 즐거워 보였다.

* * *

어둠이 완전히 내린 차가운 인천항의 수많은 창고들 앞.

어둠속에서 검은색 승용차 한 대가 눈에 띄지 않게 조용히 서 있었다. 현대 자동차에서 선보인지 얼마 되지 않은 날렵하고 세련된 디자인의 최신형 그랜저 승용차였다.

'저기군.'

운전석에는 검은색 투피스 정장 차림에 포니테일 스타일의 머리카락을 가진 20대 후반으로 보이는 아름다운 여성이 타고 있었다.

'극동회 소속 야쿠자 노부유키. 무슨 목적으로 한국에 왔

는지 철저히 조사해 주지.'

여성은 운전석에서 먹잇감을 노리는 날카로운 눈빛으로 멀리 떨어져 있는 창고를 숨죽이며 바라봤다.

그녀의 이름은 최미현.

대한민국 국가정보원 소속의 비밀 요원이었다.

그녀는 마약 수사 담당으로 최근 일본에서 한국으로 입국한 야쿠자들을 지켜보고 있었다.

일본 야쿠자들의 불온한 움직임에 경찰이나 검찰뿐만이 아니라 국정원에서도 예의주시하고 있었던 것이다.

'그 창고에 무언가 있는 게 틀림없어.'

지난 며칠간 최미현은 노부유키를 마크하면서 종종 뉴 엘리트파의 보스와 접선하는 모습을 확인했으며, 인천항에 있는 창고를 빈번히 드나드는 사실을 알아냈다.

오늘은 노부유키가 드나들고 있는 창고를 조사하기 위해 찾아온 것이다.

대외적으로는 어느 식자재 마트의 물류센터 창고로 되어 있었지만, 노부유키 정도 되는 거물급 야쿠자가 아무 일 없이 빈번하게 드나들 리 없었다.

최미현은 그곳에 노부유키가 숨기고 있는 비밀이 있다고 생각했다. 가령, 예를 든다면 최근 인천에서 조금씩 움직이기 시작한 마약 같은 물건들이 말이다.

'반드시 찾아내 주지!'

최미현은 마음속으로 굳게 다짐하며, 창고 내부에 침투하기 위한 준비를 시작했다.

창고 내부.

활동하기 편해 보이는 검은색 복장을 한 여성이 조심스럽게 움직이며 창고 내부를 돌아다니고 있었다.

다름 아닌 최미현이었다.

이미 한 번 창고 주변 조사를 마친 그녀는 밤늦은 시간에 내부로 침입했다.

창고에 설치된 보안장치가 성가시긴 했지만, 국정원의 에이전트인 그녀 앞을 막을 수는 없었다.

그렇게 보안장치를 해제하고 내부로 침투한 최미현은 창고 조사를 시작했다.

식자재 마트의 물류센터로 알려진 만큼 갖가지 물건이 질서정연하게 비치되어 있었다.

하지만…….

'아무도 없군.'

물류센터라고 하면 거의 24시간 풀가동으로 물건들이 오고간다. 그럼에도 불구하고 창고에 아무도 없다는 사실은 의심스러울 수밖에 없었다.

'확실히 이곳에는 무언가 있어.'

최미현은 다시 한 번 마음을 다잡으며 창고 내부를 샅샅이

뒤졌다. 그런 최미현의 눈에 창고 내부 안쪽에 있는 컨테이너가 보였다.

"이건……?"

컨테이너를 향해 다가간 최미현은 얼굴을 찌푸렸다.

비밀번호 장치부터 시작해서 전자식 잠금 장치가 붙어 있었던 것이다.

"철두철미하군."

최미현은 혀를 찼다. 하지만 그 말은 곧 이 컨테이너 박스에 무언가 있다는 소리와 일맥상통했다.

"이 안에 노부유키의 비밀이 있다는 건가?"

최미현은 조심스럽게 컨테이너 박스에 붙어 있는 보안장치를 확인한 후 판넬을 열었다.

복잡해 보이는 전자장치가 보였다. 최미현은 자신이 가지고 온 장비와 케이블 선을 이용하여 연결하더니 비밀번호 해독 작업을 개시했다.

그러자 한동안 비밀번호를 찾기 위한 전자음이 울려 퍼졌다.

잠시 후, 최미현은 비밀번호를 해제시킬 수 있었다.

덜컥!

비밀번호를 해제하자 컨테이너 입구 문이 살짝 열렸다. 최미현은 컨테이너의 문을 끝까지 조용히 열어젖혔다.

"……."

컨테이너 안에는 수많은 종이박스들이 벽면 가득 양옆으로 차곡차곡 쌓여 있었다. 그리고 종이 박스 내부를 확인한 최미현은 망연자실한 표정을 지었다.

"이, 이런 말도 안 되는……."

종이박스 안에는 예상대로 하얀 가루가 들어 있는 투명한 비닐봉지가 가득 채워져 있었다.

원래대로였다면 증거를 찾았다며 기뻐하고 있었을 것이다.

하지만 도저히 그럴 수가 없었다.

지금 최미현의 눈앞에 수백 그램만 되도 몇 십만 명이 복용할 수 있고 몇 천만 원은 호가하는 마약이 수십 킬로그램이 넘게 있었으니까.

"드디어 극동회가 우리나라에 마약 시장을 진출시키려고 하는 거란 말인가?"

최미현은 마약이 들어 있는 종이 박스들을 긴장한 눈으로 바라보며 중얼거렸다.

지금까지 소규모로 대한민국을 거쳐 마약이 유통되려고 했던 적은 있었다.

하지만 이렇게까지 대규모로 마약이 국내에 진출한 적은 없었던 것이다.

"응? 저건 뭐지?"

그때 최미현의 눈에 종이 박스와는 다른 무언가가 보였다.

컨테이너 박스의 가장 안쪽에 특이하게도 금고가 하나 놓여 있었다.

"비밀 장부라도 있나?"

최미현은 금고에 흥미를 보이며 조사를 하기 시작했다.

이미 컨테이너 박스에 발견한 마약만으로도 노부유키를 잡아들이는 데에 충분했지만, 금고 안에 더욱 큰 비밀이 잠자고 있을지도 몰랐다.

그렇게 생각한 최미현은 즉시 금고의 문을 열기 위해 작업을 시작했다.

"헉! 이, 이건……!"

얼마 지나지 않아 금고의 문을 연 최미현은 마약을 발견했을 때보다 더욱 놀란 표정으로 눈을 부릅떴다.

어찌나 놀랐는지 들고 있던 휴대용 손전등을 떨어트릴 뻔했다. 절대 있어서는 안 될 물건이 그녀의 눈앞에 있었던 것이다. 그리고 최미현은 한 가지 사실을 눈치챘다.

"서, 설마 이곳에 있는 마약은……!"

"거기까지다."

"……!"

순간, 최미현의 등 뒤에서 사내의 목소리가 들려왔다. 놀란 표정으로 다급히 고개를 돌리자 밝은 빛이 컨테이너 문 밖에서 쏟아져 들어왔다.

갑작스럽게 나타난 불빛에 최미현은 손으로 눈을 살짝 가리며 목소리의 주인공을 바라봤다.

"노, 노부유키……."

밝은 전등 빛 속에서 극동회 소속 야쿠자인 노부유키가 서 있었다. 그리고 노부유키 너머로 험상궂은 표정의 사내가 수십 명 서 있는 모습이 보였다. 분명 노부유키가 일본에서 데리고 온 극동회 야쿠자들이리라.

"누군지는 모르겠지만, 이것을 본 이상 그냥 보내줄 수는 없지. 자, 그럼 어디서 왔는지 천천히 이야기를 들어보도록 할까? 밤은 아직 기니까 말이야."

노부유키는 최미현을 바라보며 기분 나쁜 미소를 지어 보였다.

제 7 장
비밀 아지트

위이이잉!

신경을 거슬리게 만드는 진동음이 머리 위에서 울려 퍼진다. 현성은 잠이 덜 깬 얼굴로 자신의 방에서 눈을 떴다.

방안은 아직 어두웠다. 시간을 확인해 보니 이제 겨우 새벽 여섯 시였다.

"……."

현성은 달콤한 잠을 방해한 스마트폰을 노려봤다. 그리고 조금 전부터 계속 시끄럽게 울리고 있는 스마트폰을 집어 들었다.

'이 시간에 대체 누가…….'

현성은 한바탕 잔소리를 퍼부어줄 요량으로 발신자를 확인했다.

"용 사장?"

발신자를 확인한 순간 현성은 불길한 예감에 사로잡혔다. 이런 이른 새벽 시간에 용 사장이 쓸데없이 자신에게 연락을 해올 리 없었기 때문이다. 스마트폰을 받은 현성은 아직 잠이 덜 깬 목소리로 입을 열었다.

"이런 꼭두새벽부터 무슨 일이지?"

—죄송합니다, 형님. 급한 용무가 있어서 전화드렸습니다.

스마트폰 너머로 용 사장의 다급한 기색이 역력한 목소리가 들려왔다.

"좋은 소식은… 아니겠군."

—예. 유감이지만 안 좋은 소식입니다.

"무슨 일이 있었나?"

—안전 가옥이 당했습니다.

'쯧…….'

용 사장은 침중한 목소리로 말했다. 예상했던 말이 나오자 현성은 혀를 찼다.

"상황은?"

—자정이 넘은 시각에 복면을 쓴 무장 괴한 오십 명 정도가 쳐들어 왔답니다. 다행히 사상자는 없지만 중경상자가 많습

니다.

"그녀는?"

―그것이…….

잠시 말을 멈춘 용 사장은 이내 목소리를 쥐어짜내듯 말했다.

―녀석들에게 납치되었다고 합니다.

"허……."

현성은 고개를 흔들었다.

안전 가옥에는 후광파에서 파견한 정예 조직원 스무 명과 야쿠자 열 명이 있었다. 도합 서른 명이나 되는 인원이 쿠레하를 보호하고 있었던 것이다.

그런데 그들 대부분이 당하고 그녀가 납치되었다니.

"녀석들이 누구인지 알고 있나?"

―복면을 하고 있어서 누군지는 모릅니다. 다만, 이런 일을 벌인 자들은 극히 한정되어 있지요.

"누군지 알고 있다는 말이군."

―예. 뉴 엘리트파 녀석들이 분명합니다.

"뉴 엘리트파?"

―저희 조직과 오래전부터 앙숙 관계에 있는 조직입니다. 그리고 이번 마약 사건과 깊게 관련되어 있지요. 저희 조직원의 이야기에 따르면 쇠망치를 들고 다니는 거한이 있다고 합니다. 분명 그놈은 뉴 엘리트파의 행동 대장 최상철일 것

입니다.

"흠……."

용 사장의 말에 현성은 생각에 잠겼다. 이번 일은 보통 일이 아니었다.

"그들이 납치했다는 증거는 남아 있나?"

—유감이지만 없습니다.

"난감하군."

침통한 용 사장의 말에 현성은 턱을 매만졌다.

뉴 엘리트파의 행동 대장인 최상철로 보이는 자가 목격되었다고는 하지만 그것만으로는 부족했다. 그가 정말 최상철이 맞는지, 그리고 습격자들이 뉴 엘리트파가 맞는지 확실한 증거가 필요했다.

증거가 없는 이상 뉴 엘리트파를 족칠 수 없었다.

하물며 그녀를 구하는 것은 어불성설이었다. 명분이 있어야 움직일 수 있었던 것이다.

하지만…….

"알겠다. 그녀라면 내가 어떻게든 해보지."

—예? 형님께서 말입니까?

현성의 말에 용 사장의 놀란 목소리가 들려왔다.

—대체 어떻게…….

"만일을 위해서 사전 작업을 해놓았지."

—벌써 준비를 해놓으셨던 겁니까?

"그녀가 어째서 한국에 직접 온 것인지 신경이 쓰여서 말이야."

물론 현성은 쿠레하가 마약 사건을 해결하기 위해 왔다는 사실을 알고 있었으며, 그녀가 무언가 숨기고 있다는 사실 또한 어렴풋이 눈치를 채고 있었다.

그 때문에 만일을 위해서 그녀에게 추적 마법을 걸어놓았다.

마법을 발동시키면 마치 GPS 시스템처럼 그녀가 어디에 있는지 즉시 알아낼 수 있도록 말이다.

―그녀가 다른 목적으로 한국에 왔다고 생각하십니까?

"아마도. 나중에 조사를 해볼 생각이었는데 이런 일이 생길 줄이야."

현성은 한숨을 내쉬었다.

아무리 생각해도 상대의 움직임이 너무 빨랐다.

쿠레하와 야쿠자들이 한국에 입국한 첫날밤에 바로 습격을 해왔으니까.

어디 그뿐인가?

습격자들은 쿠레하가 지내고 있는 안전 가옥의 위치까지 알고 있었다.

처음부터 정보가 새고 있다고밖에 생각할 수 없었다.

"아무튼 그녀에 대한 것이라면 나한테 맡겨둬라. 그보다 내부 조사부터 하는 게 좋을 것 같군. 상대의 움직임이 너무

빨라."

—…알겠습니다.

용 사장은 현성의 말에 잠시 침묵한 후 대답했다.

현성이 말한 의미를 알고 있었기 때문이다. 만약 현성의 말이 맞다면 앞으로의 일정에 차질이 빚어질 수밖에 없었다.

"그럼 나중에 연락하도록 하지."

—예.

그렇게 현성은 전화를 끊었다.

"그럼 나도 움직여 볼까."

현성은 어딘가에 납치되어 있을 쿠레하를 구하러 가기 위해 준비를 하기 시작했다.

* * *

대한민국 국가정보원.

흔히 국정원이라고 부르는 대한민국의 국가정보기관이다.

국가정보원(國家情報院, National Intelligence Service, NIS)은 대한민국의 대표적인 정보 수집 기관으로 대통령 직속 기관이기도 하다.

국정원에서 주로 하는 일은 국내와 해외 범죄 수사부터 시작해서 국가 기밀 정보에 대한 보안 업무 등등 전방위적인 국가 안보를 담당한다.

그중에는 마약 문제도 포함되어 있었다. 대한민국을 경유해서 마약이 운송되는 경우가 여러 차례 있었던 것이다.

그 때문에 국정원에서는 대한민국이 국제적인 마약 운송 중간 기지화가 될 가능성이 높다고 보고 특히 신경을 쓰고 있었다. 그런 상황에서 일본으로부터 첩보가 입수되었다.

적지 않은 수의 야쿠자들이 한국으로 입국한다는 내용이었다. 단지 그뿐이었다면 아무런 문제가 되지 않았다.

하지만 야쿠자들과 함께 마약이 흘러들어 올지도 모른다는 정보도 포함되어 있었다.

이에 국정원의 마약 담당 부서는 조사를 시작했다.

야쿠자들이 마약을 가지고 있다는 증거가 있어야 움직일 수 있었으니까.

그렇게 마약 담당 부서는 조사를 위해 비밀 요원을 파견했지만, 문제가 생겼다.

마약 조사를 담당한 비밀요원으로부터 연락이 두절되었던 것이다. 그것도 마약 조사를 위해 잠입 미션을 시작한 지 얼마 지나지 않은 상황에서.

그 때문에 국정원 내부의 마약 담당 부서에서는 난리가 났다. 예정된 시각에 연락을 하기로 했는데 하루가 지난 지금도 아무런 연락이 없었기 때문이다.

"면목 없습니다, 국정원장님."

원장실에서 40대 초반으로 보이는 사내가 침통한 표정으로 고개를 숙이고 있었다. 사내는 국정원 내부에서 마약 담당 부서의 부장으로, 이름은 강철민이었다.

통칭 강 부장으로 통했다.

"아직도 연락이 없나?"

"예."

강 부장 앞에는 50대 중반의 사내가 굳은 표정으로 자리에 앉아 있었다. 그가 바로 현 국가정보원의 국정원장으로 이름은 최현이며 고집이 있어 보이는 강인한 인상의 사내였다.

"창고는? 창고는 어떻게 되었지?"

"저희들이 찾아갔을 때는 이미……."

국정원장의 말에 강 부장은 고개를 흔들었다.

예정된 시각에 연락이 오지 않자 강 부장은 마약 부서의 정보 요원들을 노부유키의 창고로 투입했다.

하지만 아무런 증거도 없이 요원들을 투입할 수 없었다. 그 때문에 강 부장은 모든 책임은 자신이 진다고 하면서 무리하게 수사를 진행했지만 이미 상황은 늦었다.

몇몇 절차를 건너뛰면서까지 요원들을 투입하였으나 창고 내부는 깨끗했던 것이다.

창고 안에 마약이 있다는 정보가 거짓말인 것처럼 아무것도 남아 있지 않았다. 분명 그 창고에 잠입했을 비밀 요원, 최미현의 모습까지도.

"정말 면목 없습니다!"

강 부장은 허리를 다시 한 번 숙였다.

그가 이렇게까지 국정원장 앞에서 사과하는 이유는 마약 조사를 담당한 최미현이 국정원장의 딸이었기 때문이다.

본래 국정원의 직원들은 국가 안보를 이유로 일반 대중에게 정체가 알려져 있지 않았다. 그리고 최미현의 경우 국정원 내부에서 그녀의 아버지가 국정원장이라는 사실은 소수만 알고 있는 비밀 중에 하나였다.

하지만 그렇다고 그녀가 아버지의 힘을 뒤에 업고 국정원에 들어온 것은 아니었다. 오로지 그녀의 실력 하나만으로 국정원에 들어온 것이니 말이다.

"강 부장."

"예."

"노부유키를 철저하게 마크하게. 그놈의 일거수일투족을 전부!"

국정원장은 두 손을 피가 나도록 꽉 쥐며 말했다.

지금으로서는 그 방법에 없었다. 마음 같아선 당장 노부유키를 잡아들여서 자신의 하나밖에 없는 외동딸을 찾아내고 싶었다. 하지만 그럴 경우 외교 문제로 불거질 수 있었다.

국가정보기관이 부당한 이유로 자국민을 체포했다고 일본 대사관에서 항의가 올 것이 불을 보듯 뻔했기 때문이다.

"알겠습니다."

강 부장은 국정원장이 어떤 기분인지 알 수 있을 것 같았다.

분명 국정원장으로서의 입장과 하나밖에 없는 딸을 가진 아버지의 입장. 분명 이 사이에서 번민하고 있으리라.

하지만 국정원장은 말 그대로 국가정보기관의 장이었다. 사사로운 정으로 국가를 위험에 빠뜨리는 일을 할 수 없었다.

"반드시 최미현 요원을 구해오겠습니다."

"부탁하네."

국정원장은 십 년은 더 늙은 얼굴로 말했다.

그리고 강 부장은 몸을 돌리고 국정원장실을 나갔다. 강 부장이 나가는 뒷모습을 바라보며 국정원장은 담배 한 가치를 꺼내 물었다.

'부디 누군가가 내 딸을 구해주었으면…….'

국정원장은 이루기 힘든 생각을 하며 앉고 있던 의자를 뒤로 돌렸다. 그러자 창문 너머로 탁 트여 있는 서울시 전경이 보였다.

시원하게 트여 있는 창밖을 바라보며 국정원장은 답답한 마음을 달래기 위해 담배를 피우기 시작했다.

그런 국정원장의 눈가에 눈물 한 방울이 떨어져 내렸다.

* * *

인천의 어느 허름한 폐건물.

대낮임에도 불구하고 이곳저곳이 허물어져 있는 폐건물

내부는 음침한 분위기를 풍겼다. 그리고 지금 폐건물 내부에는 일련의 무리들이 모여 있었다.

하나같이 검은색 정장을 입고 있는 건장한 체격의 사내들이었다.

"와, 그러니까 이년이 간댕이 크게도 극동회의 마약 창고를 털려고 했다, 이 말이가?"

"예."

폐건물 안에서 경상도 사투리가 울려 퍼졌다. 목소리의 주인공은 뉴 엘리트파의 행동 대장 최상철이었다.

그들이 차지하고 있는 폐건물은 인천에서 재개발 조성 지역으로 지정된 구역에 위치한 뉴 엘리트파의 비밀 아지트였다.

주변 일대는 아무도 살고 있는 사람이 없었으며 폐건물이 집단으로 이루어져 있었다.

그 때문에 뉴 엘리트파는 불법적인 일을 할 때 폐건물을 활용했다. 가령, 사람 하나를 완전 매장을 할 경우라든가, 불법적인 물건들을 보관할 경우라든가 등으로 말이다.

실제로 현재 최상철이 있는 폐건물에는 노부유키의 마약 창고에 잠입했다가 붙잡힌 최미현과 요모기 연합의 후계자인 쿠레하가 감금되어 있었으며, 노부유키로부터 전해받은 마약의 일부가 폐건물 한쪽 구석에 보관되어 있었다.

"쥐이네. 뭔 배짱으로 그랬다 카던데?"

최상철은 재밌다는 얼굴로 눈앞에 있는 여인, 최미현을 내려다봤다. 최미현은 노부유키에게 잡힌 뒤 하룻밤 동안 모진 고초를 당했다. 그녀가 누구인지, 누가 보냈는지 알아내기 위해 천장에 거꾸로 매달린 채 밤새도록 심문을 당했던 것이다.

그 때문에 그녀는 정신을 잃고 있었으며 몰골도 말이 아니었다.

"독한 여자입니다. 노부유키 씨의 심문에 입도 벙긋하지 않았다고 합니다."

"그래?"

부하의 말에 최상철은 의미심장한 미소를 지었다.

최미현은 오늘 아침 노부유키의 부하가 데리고 왔다. 그리고 노부유키는 그녀를 노출된 창고를 정리 작업하는 일을 진행하던 도중에 붙잡았다고 전했다.

최미현이 직접 창고에 잠입을 할 정도면 정보가 유출되었다고 봐야 했으며, 이대로 창고를 가만히 내버려 둔다면 위험했기에 마약을 다른 장소에 옮기기로 한 것이다.

그에 따라 최미현은 뉴 엘리트파의 비밀 아지트로 오게 되었다. 확실히 이곳이라면 그 누구라 할지라도 그녀를 찾을 수 없을 때니까.

또한, 상황에 따라 바로 증거 인멸을 할 수 있는 장점도 있었다. 그 때문에 노부유키는 뉴 엘리트파의 비밀 아지트로 최미현을 보낸 것이며, 최대한 그녀로부터 정보를 캐낼 생각이었다.

"노부유키 씨가 다시 찾아오기 전에 이년한테서 정보를 캐내면 도움이 되겠구만. 안 글나?"

"그 말대로입니다."

최상철의 말에 부하 조직원은 고개를 끄덕이며 맞장구를 쳤다. 하룻밤 동안 노부유키의 심문에도 버틴 여자였다.

만약 그녀에게서 정보를 캐낼 수만 있다면 쇠망치, 아니 최상철의 입지는 더욱 공고해질 것이다.

"그라고 우리한테 그년도 있다 아이가. 쿠레한가 뭔가 하는 쪽바리 년."

최상철은 히죽 웃었다.

어젯밤 최상철은 오십 명이나 되는 부하를 데리고 후광파가 준비한 안전 가옥을 급습했다. 그 결과 후광파의 조직원과 일본 야쿠자를 때려눕히고 쿠레하를 납치해 올 수 있었다.

그리고 함께 행동했던 조직원들은 준비한 봉고차 수만큼 다섯 갈래로 나뉘어 각기 자신들의 비밀 아지트인 이곳 폐건물에 도착한 후, 쿠레하를 감금시켰다.

남은 건, 노부유키가 이곳에 찾아 왔을 때 그녀를 넘기는 것뿐.

"그런데 쇠망치 형님. 그 쿠레하라는 일본인 야쿠자는 왜 납치해 오라는 겁니까?"

"그 여자? 내도 자세히는 안 들어봐서 잘 모른다만 쓸모 있는 여자라고 카더라. 노부유키 씨가 눈에 불을 키고 꼭 잡아와야 한다고 안 카더나. 뭔가 중요한 갑제."

"일본 야쿠자 조직들 간에 무슨 일이 있었나 보죠?"

"안 그러냐? 이번 일이 잘만 성사 되면 극동회에서 우리 조직을 전폭적으로 지지해 준다고 이야기 할 정도니께."

"그럼……?"

"인천은 이제 우리꺼라는 이야기제."

최상철은 만족스러운 미소를 지었다.

그도 이번 일이 얼마나 중요한지 잘 알고 있었다.

그래서 조직 내에서 고르고 고른 정예를 무려 오십 명이나 투입한 것이다. 확실하게 쿠레하를 납치한 후, 노부유키에게 넘기기 위해서.

"씨발, 이제 그 망할 후광파 새끼들 싹 정리할 수 있겠네."

"그러게 말입니다."

최상철과 부하 조직원은 서로 기분 나쁜 미소를 지었다. 인천을 지배하는데 최대 걸림돌은 두말할 나위 없이 후광파였다.

후광파는 사사건건 자신들의 조직인 뉴 엘리트파에서 하는 일들을 방해해 왔던 것이다.

그런데 이제 일본 야쿠자 조직인 극동회로부터 지원을 받는다면 후광파 따위는 아무것도 아니었다. 잘하면 인천뿐만이 아니라 서울 강남까지 노려볼 수 있었다.

"야, 노부유키 씨는 언제쯤 온다 카더노?"

"오늘 저녁쯤 되면 오지 않을까 싶습니다."

노부유키는 최미현에게 들킨 마약을 다시 숨기기 위해 움직이고 있었다. 물론 마약뿐만이 아니라 예의 그 물건도 말이다.

그 때문에 노부유키는 잠시 최미현을 뉴 엘리트파에게 맡겼다. 그녀를 데리고 움직이는 것은 번거로울 뿐더러 정보가 노출될 염려도 있었으니까.

대략 오후쯤이면 일이 마무리될 터였다.

"그럼 그때까지 이 여자를 족치면 되겠네?"

부하의 말에 최상철은 씩 웃으며 경상도 특유의 사투리 억양으로 말했다.

노부유키가 쿠레하를 넘겨받으러 비밀 아지트로 왔을 때 최미현에게서 캐낸 정보를 함께 넘긴다면 금상첨화가 따로 없을 것이다.

그 때문에 최상철은 모든 수단을 사용해서 최미현의 입을 열 생각이었다.

노부유키 때는 한밤중이었기 때문에 단순히 하룻밤 거꾸로 매달아 놓는 것으로 그쳤다.

하지만 최상철과 뉴 엘리트파의 조직원들은 달랐다.

그들은 노부유키가 비밀 아지트에 올 때까지 대기, 아니 자신들이 납치한 쿠레하를 감금 및 감시해야 했다.

확실히 말해서 따분한 일이었다.

그런데 지금 그들에게 최미현이라는 지루함을 해소할 장난감이 생긴 것이다. 이를테면 최미현은 노부유키가 뉴 엘리트파에 보낸 선물이라고 할 수 있었다.

최상철은 어떤 방법으로 그녀의 입을 열게 만들지 벌써부터 즐거운 기분이 들었다.

그러나 그들은 몰랐다.

최미현이 대한민국 국가정보원의 비밀 요원이라는 사실을. 그리고 무엇보다 그녀의 아버지가 국정원의 국장이라는 사실을.

그 사실을 모르는 최상철은 그야말로 불난 집에 물을 뒤집어쓴 게 아니라 휘발유를 온몸에 뿌리고 뛰어드는 것과 다름없었다.

하지만 이미 최미현을 가지고 놀 생각으로 가득 찬 최상철의 입가에서는 미소가 떠나지 않았다.

그 순간,

쿠웅!

돌연 폐건물 전체가 흔들렸다.

"뭐, 뭐꼬! 무슨 일이고? 지진이가?!"

갑작스럽게 일어난 일에 최상철은 놀란 얼굴로 소리쳤다.

그러자 한참 있다가 멀리서 부하들의 외침이 들려왔다.

"치, 침입자입니다!"

"뭐라꼬? 침입자?"

지금 자신이 있는 곳이 어디던가?

오래전부터 뉴 엘리트파에서 비밀 아지트로 사용하던 장소였다. 그동안 아무에게도 들키지 않았던 비밀 아지트에 침입자라니?

최상철은 멍한 표정을 지을 수밖에 없었다.

* * *

"이곳인가?"

현성은 눈앞에 펼쳐진 전경을 응시했다.

지금은 사람이 살지 않은 집단 폐건물들이 잔득 모여 있었으며, 그곳 어딘가에서 쿠레하에게 걸어놓은 마법이 반응하고 있었다.

"인천에 이런 외진 장소가 있을 줄은 몰랐군."

현성은 녹림이 우거져 있는 폐건물을 바라보며 중얼거렸다. 인천 시가 개발 구역으로 지정한 곳이었기 때문에 사람이 떠난 지 옛날이었다.

그 때문에 폐건물 집단촌은 음침스러운 분위기를 풍겼다.

"그럼 가볼까?"

현성은 폐건물을 향해 걷기 시작했다.

쿠레하에게 시전한 2클래스 위치 추적 마법, 포지션 트레킹(Position tracking)의 반응이 점점 더 가까워져 갔다.

근처에 늘어서 있는 폐건물들 사이를 산책을 나온 사람처럼 걷던 현성은 발걸음을 멈춰 섰다.

쿠레하가 있는 걸로 생각되는 폐건물 앞에 도착한 것이다. 음침한 분위기가 감도는 허름한 3층짜리 폐건물이었다.

"뭐, 뭐냐? 네놈은?"

"뭐야? 이놈 어디서 왔어?"

폐건물 입구에서 담배를 피며 자아성찰의 시간을 갖고 있던 두 명의 사내들은 아무도 없을 거라 생각한 곳에서 갑작스럽게 현성이 나타나자 놀란 표정을 지었다.

"쿠레하는 어디에 있지?"

"뭐?"

단도직입적인 현성의 말에 사내들은 멍한 얼굴로 되물었다. 하지만 이내 현성의 목적을 파악하고 인상을 찌푸렸다.

"씨발! 여길 어떻게 알아낸 거야?"

사내들은 자신들이 이곳에 쿠레하를 납치하고 감금하고 있다는 사실이 새어나갔다고 직감했다.

그렇지 않고서야 이런 아무도 오지 않을 장소에 자신들을 찾아내서 쿠레하가 어디에 있는지 물을 리 없었으니까.

"묻는 말에 대답이나 해라."

"닥쳐, 이 머리에 피도 안 마른 애새끼야!"

"여길 어떻게 알아냈는지 다 불어야 할 거다!"

사내들은 막무가내로 현성을 달려들었다.

"어리석은."

현성은 조용히 한쪽 다리를 살짝 들어 올렸다.

'쇼크 웨이브(Shock Wave)!'

쿠웅!

현성의 다리가 지면에 닿자 대지를 뒤흔드는 충격파가 생겨났다. 3클래스 마법이었지만 이전과는 확연히 다른 위력이었다. 4서클을 마스터한 덕분에 위력을 증가시킬 수 있었던 것이다. 충격파는 한순간이었지만 폐건물 전체를 뒤흔들었다.

"우, 우와아아앗!"

"크아아아악!"

그리고 바로 앞에서 현성이 발생한 충격파에 노출된 사내들은 사정없이 땅바닥 위로 내동댕이쳐졌다.

그렇게 눈 깜짝할 사이에 사내 두 명을 기절시킨 현성은 여유롭게 폐건물 내부로 들어갔다.

폐건물 내부는 탁 트여 있었다. 내부에 있던 벽들이 허물어져 있었던 것이다. 그 덕분에 폐건물의 1층 내부 상황이 한눈에 들어왔다.

'그녀는 없군.'

폐건물의 1층 내부를 슥 둘러본 현성은 실망스러운 표정을 지었다.

"이 자식 뭐야?"

"치, 침입자다!"

"어느 조직에서 온 거냐!"

현성이 폐건물 내부로 들어서자 소란스러워졌다.

1층에 있던 뉴 엘리트파 조직원 다섯 명이 현성의 출현에 놀라며 소리를 쳤던 것이다.

"시끄럽군."

이미 1층에 쿠레하가 없다는 사실을 알아낸 현성은 더 이상 이곳에 용무가 없었다.

'헤이스트.'

2클래스 보조 마법을 시전한 현성은 바람처럼 다섯 명이 모여 있는 조직원들을 향해 달려들었다.

"우, 우왓!"

"뭐, 뭐야!"

눈 깜짝할 사이에 자신들의 눈앞에 다가온 현성의 모습에 조직원들은 눈을 화등잔만 하게 떴다. 그리고 그것으로 끝이었다.

퍼억!

헤이스트로 강화된 현성의 공격에 다섯 명의 조직원들은 전원 입에 게거품을 문채 쓰러졌다. 속이 뒤집어 질 것 같은 일격을 명치에 맞은 것이다.

그리고 현성의 움직임이 어찌나 빨랐는지 다섯 번이 울려야 할 타격음이 한 번 밖에 들리지 않았다.

"그럼 2층은……."

현성은 1층을 둘러보다가 이내 2층으로 이어진 계단을 발견했다.

"음. 아무래도 2층에 있나 보군."

위치 추적 마법의 반응이 바로 위에서 느껴졌다.

그 말은 곧 쿠레하가 2층에 있다는 소리!

현성은 천천히 2층으로 올라갔다.

"죽어라!"

2층으로 올라가자마자 입구에서 갑자기 양 옆으로 나이프를 든 조직원 두 명이 달려들었다. 이미 1층에서 소란을 듣고 매복을 하고 있었던 모양이었다.

완벽한 타이밍에 기습을 걸어왔던 것이다.

하지만…….

"느려."

현성은 손날로 나이프를 들고 있는 조직원들의 손을 내려쳤다.

챙그랑!

"어?"

"이, 이게 무슨?"

생각지도 못한 현성의 역습에 그들은 어처구니없게도 나

이프를 손에서 떨어뜨렸다. 그들 자신도 어이가 없었는지 나이프를 놓친 손을 멍한 눈으로 바라봤다.

퍽퍽!

그 순간을 놓칠 현성이 아니었다. 현성은 어안이 벙벙한 조직원의 뒷목을 손날로 가볍게 내려쳐서 기절시켰다.

"시시하군."

현성은 땅바닥에 기절한 그들을 차가운 눈으로 내려다봤다. 그리고 시선을 전방으로 옮기며 2층 내부를 확인했다.

"이 새끼 뭐야?"

"이런 머리에 피도 안 마른 새끼가……."

"감히 우리 조직을 건드려?"

2층 내부에는 제법 많은 수의 뉴 엘리트파 조직원들이 모여 있었다. 어림잡아 봐도 대충 스무 명쯤은 되어 보였다.

그때 주변이 부산스러워지자 폐건물 2층 바닥에 아무렇게 널부러져 있던 여성이 눈을 떴다. 다름 아닌 쿠레하였다.

"아직 무사한가 보군."

쿠레하가 정신을 차리고 자신을 바라보자 현성은 한시름 놓았다. 그녀가 아직 죽은 것도 아니었으며, 혼자서 저항을 한 모양인지 찰과상 정도는 입고 있었지만 어딘가 크게 다친 기색은 없어 보였던 것이다.

"너, 너는……?"

쿠레하는 현성을 보더니 놀란 표정을 지었다. 이런 장소에서 현성과 만날게 될 줄은 생각지도 못한 일이었기 때문이다.

"어째서 네가 이곳에……?"

"조금만 기다려라. 내가 지금 구해주지."

그녀가 무사하다는 사실을 확인한 현성은 쿠레하의 말을 뒤로하고 눈앞에 있는 뉴 엘리트파의 조직원들을 노려봤다.

그러자 뉴 엘리트파 조직원들은 난리를 치기 시작했다.

"이 새끼가 지금 뭐라는 거야? 누가 누굴 구해준다고?"

"이거 미친놈 아니야?"

"네놈 눈에는 지금 우리들이 안 보이는 거냐?"

조직원들은 어이가 없다는 표정으로 현성을 바라봤다.

그때 한 조직원이 현실적인 말을 했다.

"야, 잠깐만! 혹시 후광파에서 저 여자 구하러 온 거 아니야?"

"뭐? 후광파?"

순간 조직원들이 술렁거렸다.

하긴 상식적으로 생각한다면 눈앞에 있는 소년 혼자 쳐들어왔다는 사실은 믿을 수 없는 일이었다.

만약 자신들의 라이벌 세력인 후광파에서 지원이 왔다면?

"젠장! 당장 위에 연락해서 지원 요청해!"

"여기서 농성전을 벌이면 충분히 지원이 올 때까지 버틸 수 있을 거야!"

"누가 후광파 녀석들이 어디에 있는지 확인 좀 해봐!"

뉴 엘리트파 조직원들은 현성의 출현에 지레짐작을 하고 이리저리 움직이기 시작했다.

그 소란스러움 속에서 현성은 딱 한마디 내뱉었다.

"나는 혼자 왔다."

"……."

그 한마디에 소란이 뚝 멈췄다.

"정말 네놈 혼자뿐이라고?"

그 말에 현성은 고개를 끄덕였다.

그러자 조직원들은 광분한 얼굴로 소리쳤다.

"뭐, 이런 미친 새끼가 다 있어?"

"뒤지려고 환장했나!"

"이놈이 지금 우리를 뭘로 보고!"

뉴 엘리트파 조직원들은 현성을 죽일 듯이 노려봤다.

그들의 눈에는 현성이 아직 스무 살도 되지 않은 학생으로밖에 보이지 않았다.

그런데 자신들을 이렇게까지 우습게 볼 줄이야.

그리고 쿠레하 또한 실낱같은 희망의 빛이 산산조각 났음을 느꼈다.

"이 바보가! 어째서 혼자 이곳에 온 것이냐!"

쿠레하는 현성을 향해 소리쳤다.

그녀는 이곳 아지트에 뉴 엘리트파 조직원이 약 오십 명 정도 있다는 사실을 알고 있었다.

현성이 타츠야를 쓰러뜨릴 정도로 강하다는 사실을 알고 있었지만, 오십 명이나 되는 조직원을 상대 할 수는 없는 일!

"두 번 말하게 하지 마라. 나는 너를 구하기 위해서 이곳에 왔으니까."

하지만 현성은 부드러운 목소리로 말할 뿐이었다.

"무슨 바보 같은 말을……"

쿠레하는 도저히 이해가 가지 않는 표정으로 현성을 바라봤다. 지금 폐건물 2층만 봐도 스무 명이 넘는 뉴 엘리트파의 조직원이 있었다.

그런데 저 여유는 무엇이란 말인가?

"대체 네놈 혼자서 무엇을 할 수 있다는 것이냐? 자살이라도 할 생각이 아니라면 네놈 혼자라도 도망가라!"

쿠레하는 현성에게 애원하듯 소리쳤다.

아직 자신은 요모기 연합의 후계자라는 이용 가치가 있기 때문에 생명의 위협을 가하진 않을 것이다.

하지만 눈앞에 있는 침입자인 현성은 아니었다.

이대로라면 뉴 엘리트파의 조직원들에게 현성이 살해당할 가능성도 있었다.

"닥쳐!"

"크윽!"

그때 쿠레하의 근처에 있던 조직원 중 하나가 그녀의 배를 걷어찼다. 쿠레하는 고통에 얼굴을 찡그리며 팔로 배를 감싸고 몸을 새우처럼 동그랗게 말았다.

'너, 너만이라도 도망치길…….'

쿠레하는 뿌옇게 흐려진 시야로 현성이 있는 곳을 바라봤다.

그곳에는 미동조차 하지 않고 있는 현성이 있었다.

쿠레하는 원망스러운 표정을 지었다. 자신을 구해줄 것도 아니면서 왜 저 소년은 혼자서 온 것일까?

뉴 엘리트파의 비밀 아지트에 와봤자 혼자라면 당할 뿐이었다.

하지만 그녀는 몰랐다.

지금 현성의 눈초리가 상당히 매서워져 있다는 사실을. 그리고 그녀가 생각하는 것보다 현성이 강하다는 사실을 말이다.

"멍청한 놈! 너같이 간덩이가 배 밖으로 튀어나온 놈이 뭘 할 수 있다는 거냐!"

거기다 조금 전 쿠레하의 배를 걷어찬 조직원이 불난 집에 부채질이 아니라 휘발유를 끼얹는 언동을 일삼았다.

그는 쿠레하를 발로 툭툭 가볍게 차며 현성을 비웃고 있었던 것이다.

'헤이스트.'

현성은 약 10여 미터가량 떨어져 있는 쿠레하를 향해 질풍처럼 쇄도했다.

중간에 방해가 되는 조직원은 명치나 턱에 주먹을 한 방씩 날려주었다. 단지, 그것만으로도 조직원들은 비명을 지르며 떨어져 나갔다.

"컥!"

"쿠엑!"

순식간에 뉴 엘리트파 조직원들은 혼란에 빠졌다.

그들은 깔끔한 동작으로 빠르게 움직이는 현성의 몸놀림을 넋을 잃고 바라봤다.

눈 깜짝할 사이에 현성은 쿠레하의 곁에 도착했다. 그리고 바로 눈앞에서 쿠레하를 걷어찬 조직원 앞에 섰다.

"뭐, 뭐야? 네놈 뭐하는 놈이냐!"

조직원은 엄청 놀란 눈으로 소리쳤다.

그런 그를 향해 현성은 차갑게 코웃음 치며 말했다.

"내가 누구냐고? 네놈들 같은 쓰레기들은 알 필요 없다."

그렇게 말한 현성은 조직원의 명치에 주먹을 꽂아 넣었다.

"커, 커헉!"

조직원은 비명을 토하며 명치를 손으로 감싸고 자리에서 무너져 내렸다.

"……!"

뉴 엘리트파의 조직원이 열다섯 명이나 있는 폐건물 2층에 조용한 정적이 감돌았다.

하긴, 그럴 수밖에.

현성이 세 명의 조직원을 쓰러뜨리고 쿠레하가 있는 장소까지, 약 10여 미터 거리를 주파한 시간은 고작해야 2초였다.

그야말로 한줄기 질풍이 아닐 수 없었다.

"괜찮나?"

네 번째 조직원을 쓰러뜨린 현성은 쿠레하를 바라보며 말했다. 그 말에 쿠레하는 믿을 수 없는 눈으로 현성을 올려다봤다. 정말 이 소년은 혼자서 자신을 구할 작정인 것일까?

"이기 대체 무슨 소란이고!"

그때 3층에 있던 뉴 엘리트파 조직원들이 내려왔다.

그 수는 대략 열 명 정도였으며, 뉴 엘리트파의 행동 대장 쇠망치도 있었다.

제 8 장
쇠망치의 최후

3층에서 내려온 최상철은 2층을 둘러봤다. 그리고 이내 쿠레하의 곁에 서 있는 현성을 발견했다.

"넌 뭐꼬?"

"네놈들을 처리하러 온 청소부라고 할 수 있지."

현성은 여유롭지만 차가운 미소를 입가에 띠우며 말했다.

그러자 최상철은 눈알을 부라렸다.

"이 새끼 말하는 꼬라지 보소. 여기가 니네 집 안방인줄 아나? 확 모가지를 꺾어 뿔라마."

최상철은 한눈에 봐도 학생으로밖에 보이지 않는 소년의 말에 기가 막혔다.

침입자가 왔다는 소리에 후광파에서 쳐들어 온 줄 알았더니 웬 머리에 피도 안 마른 어린놈이 혼자 있지 않은가?

최상철로서는 어이가 없을 뿐이었다.

"네놈이 쇠망치인가 보군."

"내가 쇠망치면 우짤낀데? 이 버르장머리 없는 자슥아!"

최상철은 현성의 반말에 소리를 질렀다.

그런 최상철을 현성은 가만히 바라봤다.

그는 용 사장에게 들은 대로의 인물이었다. 2미터 정도 되는 장신에 구수한 경상도 사투리. 그리고 저 몸 어딘가에 쇠망치를 숨기고 있을 터.

"역시 네놈들은 뉴 엘리트파의 조직원들이로군."

"새끼… 그래서 어쩔 건데?"

최상철은 근처에 있는 조직원들에게 눈짓했다.

자신들의 정체를 들킨 이상 현성을 가만히 놔둘 수 없었다.

하지만 그전에 확인해 두어야 할 사항이 있었다.

"야, 여긴 네 혼자 왔냐?"

"그런데?"

"여기 온다고 누구한테 연락한 적도 없고?"

"없다."

현성은 최상철의 말에 순순히 대답했다.

하지만 그 말에 속이 터지는 건 다름 아닌 최상철이었다.

"야, 이 새끼야. 그게 말이 되냐? 구라치지 말고 누구랑 같이 왔어?"

"여러 번 말하게 하지 마라. 여기엔 아무도 알리지 않고 나 혼자 왔다."

"이런 미친놈이 지랄하고 앉았네. 네놈 혼자 무슨 수로 여길 알아내서 온단 말이고?"

"다 방법이 있지."

최상철의 말에 현성은 씩 웃으며 대답했다.

그리고 최상철은 현성의 의중을 파악하기 위해 눈알을 굴렸다. 그로서는 도저히 현성 혼자 이곳에 왔다고는 생각할 수 없었다.

대체 무슨 배짱으로 혼자서 조직의 비밀 아지트에 쳐들어온단 말인가? 그것도 머리에 피도 안 마른 애송이가 말이다.

미치지 않고서야 불가능한 일이었다.

여전히 현성의 말을 믿을 수 없던 최상철은 주변을 둘러보며 말했다.

"야들아. 후광파 놈들이 근처에 있더냐?"

"아니요. 없던데요."

"없다고?"

부하들의 말에 최상철의 표정이 묘해졌다 아지트 근처에 후광파에서 온 녀석들이 있다면 부하들이 모를 리 없었다.

그렇다면 눈앞에 있는 소년의 말이 사실이라는 소리였다.

"야, 네 혼자 여기 뭐할라고 온 긴데?"

"당연한 것을 묻는군. 그녀를 구하러 왔다."

"그녀?"

최상철은 의아한 얼굴로 되물었다.

현재 아지트에는 두 명의 여인이 있었다.

한 명은 자신들이 납치한 요모기 쿠레하였고, 다른 한 명은 노부유키로부터 받은 아직 정체를 알 수 없는 여인이었다.

그렇다면 눈앞에 있는 소년은 그 둘 중 한 명을 구하러 온 것일 터.

"이 여자들 말이가?"

최상철은 3층에서 함께 내려온 최미현의 팔을 잡아당기며 현성의 눈앞에 내동댕이 쳐보였다. 여인을 거칠게 대하는 최상철의 행동에 현성은 눈살을 찌푸렸다.

"무슨 짓을…"

현성은 다급히 눈앞에 쓰러져 있는 여인에게 다가갔다.

연예인 못지않은 아름다운 외모에 쿠레하만큼 볼륨감 있는 몸매를 가진 연상의 여인이었다.

하지만 여인은 쿠레하보다 상태가 좋아 보이지 않았다. 여인의 안색이 창백하고 초췌해 보였던 것이다.

'누구지?'

현성은 여인의 정체가 궁금했다.

상황을 보아하니 그녀도 쿠레하와 마찬가지로 뉴 엘리트파의 아지트로 잡혀온 것 같았다.

대체 그녀가 누구이기에 뉴 엘리트파의 비밀 아지트에 잡혀 있는 것일까?

하지만 현성의 생각은 이어지지 못했다. 최상철이 비웃음을 지으며 현성에게 말을 걸었기 때문이다.

"웃기는 자슥이네. 여기가 어디라고 혼자서 여자들을 구하러 온단 말이고? 정신줄 놨나?"

"글쎄… 그건 두고 보면 알 일이지."

"지랄한다. 네가 주먹 좀 쓰나 본데 여기 있는 우리 애들이 안 보이나?"

최상철은 기가 막힌다는 표정으로 현성을 바라보며 말했다.

확실히 바닥에는 부하 조직원 몇 명이 쓰러져 있었다. 분명 눈앞에 있는 소년에게 당했을 터.

'빙신새끼들. 우예 저런 애새끼한테 당한단 말이고?'

최상철은 바닥에 쓰러져 있는 여섯 명의 조직원을 내려다보며 혀를 찼다.

아무래도 소년은 제법 주먹을 쓰는 모양이었다.

하지만 그뿐.

지금 이곳에는 아직 서른 명이 넘는 조직원이 있었다.

어린애 혼자서 어떻게 할 수 있는 상황이 아닌 것이다.

최상철은 현성을 바라보며 재차 말을 이었다.

"자고로 다굴에는 장사가 없다고 안 카더나. 네가 아무리 날고 기어봐야 우리한테는 안 된데이. 고마, 무릎 꿇고 싹싹 빌어라. 그럼 살려는 주지."

최상철은 기분 나쁜 미소를 지으며 말했다.

그러자 현성은 피식 웃어 보였다.

"천하의 쇠망치가 말이 많군. 입으로 세계 정복이라도 할 셈이냐?"

"뭐라꼬? 이게 미쳤나. 기회를 줘도 마다하네. 오냐, 그래 네놈 혼자 뭘 할 수 있나 함 보자, 이 정신 나간 자슥아!"

현성의 도발에 최상철은 날뛰기 시작했다.

그리고 그런 상황을 지켜본 쿠레하는 고개를 돌렸다.

'어째서 바보 같은 짓을…….'

그녀는 현성이 뉴 엘리트파의 아지트 건물에서 도망치기를 바랄 뿐이었다.

그래야 자신이 있는 장소를 후광파를 비롯한 타츠야와 요모기 연합의 부하들에게 알릴 수 있을 테니까.

하지만 상황은 좋지 않았다.

정말 혼자서 온 것이라면 도망을 쳐도 모자를 상황에 오히려 상대를 도발하고 있었다.

쿠레하는 부디 현성이 뉴 엘리트파의 조직원들에게 죽지 않기만을 바라며 기도할 수밖에 없었다.

"야. 이 새끼 혼자 온기면 더 이상 볼일 없다. 조자뿌라."

"옙!"

더 이상 현성과 대화를 나눌 필요가 없다고 판단한 최상철은 조직원들에게 명령을 내렸다.

어떻게 자신들의 비밀 아지트를 찾아냈는지는 나중에 천천히 조사하면 될 일이었다.

"성급한 녀석들이로군."

현성은 여유로운 미소를 지으며 자신을 빙 둘러싸기 시작하는 뉴 엘리트파의 조직원을 바라봤다.

그 수는 약 삼십여 명!

아니, 지금은 삼십 명을 가볍게 넘었다. 다른 장소에 있던 조직원들이 폐건물 2층의 분위기가 이상함을 느끼고 돌아왔으니까.

그 수는 대략 마흔 명에 가까웠다.

아지트에 잔존 중인 모든 조직원들이 폐건물 2층으로 모인 것이다.

"건방진 새끼. 뭘 믿고 온 건지는 모르겠지만 죽었다고 복창해라."

"간이 배 밖으로 튀어나온 새끼네."

뉴 엘리트파 조직원들은 현성을 비웃으며 한마디씩 던졌다. 그들은 당장에라도 현성을 쓰러뜨려서 밟아댈 기세였다.

'어리석은 녀석들.'

현성은 입가에 작은 미소를 지으며 조직원들에게 손짓했다.

"덤벼라."

"이런 건방진!"

현성의 도발에 조직원 몇 명이 달려들었다. 그리고 그것이 시작이었다. 현성은 조직원들의 공격을 가볍게 회피했다.

'헤이스트! 스트랭스!'

여느 때처럼 보조 마법을 몸에 시전한 현성은 조직원들을 향해 뛰어들었다.

팡팡팡!

대기를 찢는 파공음이 울려 퍼지는가 싶더니, 뉴 엘리트파의 조직원 세 명이 단말마와 함께 튕겨져 나갔다.

그들은 3미터 정도 공중을 날아간 후 바닥에 떨어졌음에도 불구하고 2미터는 더 굴러다녔다.

직접 눈으로 보고도 믿을 수 없는 광경이었다.

"뭐, 뭐야……?"

뉴 엘리트파의 조직원들은 놀란 얼굴로 눈을 치켜떴다. 그들은 조금 전 무슨 일이 일어났는지 전혀 이해가 가지 않는 표정이었다.

'흠. 생각보다 위력이 세군.'

현성은 주먹을 쥐었다 폈다 반복하며 손목을 풀었다.

조금 전 현성은 조직원들을 타격하기 직전 3클래스 마법인 쇼크 웨이브를 시전했다. 물론 위력을 낮춘 상태로 시전한 것이었지만, 생각 이상의 위력이 나왔다.

"그럼 이번에는 내 쪽에서 가지."

현성은 경악스러운 눈으로 자신을 바라보고 있는 뉴 엘리트파의 조직원들을 향해 씨익 웃어주었다.

그러자 조직원들은 자기도 모르게 뒤로 주춤 물러났다.

그만큼 조금 전 현성이 보여준 무용은 경악스러웠던 것이다.

"이런 씨발! 뭣들 하노! 어차피 혼자 아이가! 퍼뜩 저 아새끼 잡아라!"

머뭇거리는 조직원들을 향해 쇠망치 최상철은 부하를 닦달했다. 자신들은 아직 서른 명이 넘게 남아 있었다.

제 아무리 날고 기어도 다구리에는 장사가 없는 법이었다.

최상철은 기대감을 가지고 현성을 향해 달려드는 조직원들을 바라봤다.

"크엑!"

"커억!"

"……."

하지만 조직원들은 최상철의 기대를 배반했다. 현성에게 달려든 조직원들은 잠시도 버티지 못하고 튕겨져 나왔던 것이다.

현성이 사용하고 있는 쇼크 웨이브 때문이었다.

처음보다 위력을 낮추었지만, 뉴 엘리트파의 조직원들을 잠재우기에는 충분했다. 조직원들은 영문도 모른 채 속수무

책으로 바닥을 굴러다니며 정신을 잃어갔다.

그야말로 원샷 원킬이 따로 없었다.

물론 죽이는 것이 아니라 기절을 시키는 것뿐이었지만.

'이, 이게 아닌데… 이게 대체 무슨 일이고……?'

최상철은 믿을 수 없는 눈으로 현성을 바라봤다.

시간이 지날수록 손바닥에 땀이 차오르고, 등 뒤로는 식은 땀이 주르륵 흘러내렸다. 눈앞에서 일어나는 일이 꿈이었으면 좋겠다는 생각마저 들 정도였다.

'미, 믿을 수 없어…….'

그리고 최상철과 마찬가지로 눈앞에서 벌어지고 있는 일이 믿기지 않는 인물이 있었다. 바로 요모기 연합의 후계자 요모기 쿠레하였다.

그녀는 경악한 눈으로 현성을 바라봤다.

뉴 엘리트파의 조직원들에게 둘러싸여 힘없이 당할 거라 생각했건만 결과는 상상을 초월했다.

자신보다 체격이 더 큰 수십 명이 되는 장정 사이를 종횡무진 내달리며 추풍낙엽처럼 쓰러뜨리고 있는 게 아닌가?

쿠레하는 그 모습을 마치 열병에 걸린 소녀처럼 바라봤다.

뒷세계에서 살아가는 사람은 힘을 숭배하고 강자를 동경한다. 그것은 쿠레하 또한 예외가 아니었다.

그녀는 군더더기 없고 깔끔한 동작으로 뉴 엘리트파 조직원들을 쓰러뜨리고 있는 현성을 몽롱한 눈으로 바라봤다.

현성의 강함에 마음이 빼앗긴 것이다.

'대체 무슨 일이 일어나고 있는 거지?'

놀라고 있는 사람은 쿠레하 뿐만이 아니었다.

정신을 잃고 쓰러져 있던 최미현 또한 현성과 뉴 엘리트파 조직원들이 싸우는 소리에 눈을 뜬 것이다.

최미현은 바닥에 쓰러진 채로 고개를 들어 믿기지 않는 광경을 바라봤다. 그녀가 속해 있는 국정원의 에이전트라고 해도 과연 현성과 같은 전투력을 보일 수가 있을까?

아니, 군 특수부대 출신이라고 해도 마흔 명이나 되는 장정을 혼자서 상대할 수 없을 것이다.

"야, 이 문디 자슥들아! 저 딴 얼라 하나 처리 못 하고 뭣들 하는 기고! 퍼뜩 못 잡나!"

한 명씩 착실하게 쓰러진 뒤 일어나지 못하는 부하들을 바라보며 최상철은 입안이 바짝 말라감을 느꼈다.

싸움이 시작된 지 아직 5분도 지나지 않았건만 부하의 숫자는 벌써 반 이상 줄어 있었다.

"아직도 포기하지 않을 건가?"

현성은 뉴 엘리트파의 조직원들을 여유롭게 바라보며 말했다. 어느덧 그들은 열 명도 채 남지 않았다.

"이, 이게 대체 무슨……?"

현성의 말에 최상철은 눈앞에 펼쳐진 광경을 경악스러운 표정으로 바라봤다. 수십 명이나 되는 부하 조직원이 바닥에 쓰러져 꼼짝도 하지 않았다.

남아 있는 조직원들 또한 경악감을 숨길 수 없었다.

한주먹도 되어 보이지 않는 소년에게 수십 명이 당한 것이다. 가벼워 보이는 소년의 주먹에 맞은 동료들은 무슨 자동차에 치인 것처럼 비명을 지르며 나가 떨어졌다.

그리고 그것으로 끝이었다.

남아 있는 조직원들은 경악과 공포, 놀람이 뒤섞여 있는 눈빛으로 현성을 바라봤다.

그런 그들에게 현성은 입가에 미소를 띄우며 말했다.

"너희에게 기회를 주지. 지금이라도 늦지 않았다. 잘못을 인정하고 용서를 구한다면 한 번 눈감아주겠다. 어떤가?"

그 말에 조직원들은 서로 눈치만 볼 뿐, 아무도 입을 열지 않았다.

"대답이 없군. 기회를 줘도 싫은가 보지?"

긴장한 얼굴로 눈치만 보는 조직원들의 모습에 현성은 씩 웃으며 한걸음 나섰다.

그러자 조직원들은 엉거주춤 뒤로 물러났다.

그리고 그들 중 일부는 무언가 결심한 표정으로 손을 내밀며 입을 열려고 했다.

"자, 잠… 컥!"

하지만 이미 늦었다. 눈 깜짝할 사이에 현성이 또다시 움직이기 시작한 것이다.

현성의 공격을 받은 조직원들은 단말마의 비명과 함께 나가 떨어졌다.

그것을 본 조직원들은 직감했다.

'씨발. 우릴 전부 다 쓰러뜨릴 작정이냐!'

한 번 봐달라고 입을 열려 하는 순간에 공격을 해올 줄이야!

"잘못을 했으면 그에 합당한 처벌을 받는 게 세상의 이치지."

'이런 씨발!'

조직원들은 현성의 말에 속으로 욕지거리를 내뱉었다.

현성의 말을 듣고 애초에 자신들을 용서할 생각이 없었다는 사실을 알 수 있었던 것이다.

"자, 잘난 척 할 수 있는 것도 거기까지데이. 이 여자가 죽어도 괜안나?"

그때 최상철이 현성을 향해 소리쳤다.

현성이 고개를 돌려 바라보자 최미현의 목에 칼을 들이대고 있는 최상철의 모습이 보였다.

현성이 조직원들을 상대하고 있는 사이 최미현을 인질로 잡은 것이다.

이로써 자신들에게 불리했던 상황이 순식간에 유리해졌다. 적어도 최상철과 뉴 엘리트파의 조직원들은 그렇게 생각했다.

다음에 이어질 현성의 말을 듣기 전까지는.

"그래서 뭐가 어떻게 되었다는 거지?"

"뭐, 뭐라카노! 니 이 여자가 죽어도 상관없나!"

최상철의 말에 현성은 피식 웃었다. 눈앞에 있는 자들은 크나큰 실수를 범하고 있었다. 현성의 시야에 닿는 거리 내에서 인질을 잡는다는 것은 의미가 없었다.

차라리 어디 다른 장소에 인질을 감금시키고 죽이겠다는 협박을 하는 게 더 효과적이었다. 현성도 모르는 장소에서 일어나는 일은 막을 수 없었으니 말이다.

하지만 지금 현성은 최미현을 확실하게 인식할 수 있었다.

그 말은 곧 현성이 인식할 수 있는 범위 내에서 일어나는 모든 일들을 컨트롤할 수 있다는 소리이며, 최미현이 어떤 상황에 처해 있든 구해낼 수 있다는 이야기였다.

"그러니까 어떻게 죽일 거냐고 묻고 있는 거다."

"헉!"

최상철은 경악성을 내질렀다.

어느 틈엔가 현성이 최상철의 얼굴 앞으로 다가와 있었다. 분명 수 미터 이상의 거리가 떨어져 있었음에도 불구하고 눈 한 번 깜박이는 사이 현성이 바로 코앞에 있었던 것이다.

챙그랑!

현성은 멍한 표정을 짓고 있는 최상철의 손을 쳤다. 그러자 그가 들고 있던 나이프가 바닥에 떨어졌다.

그 소리에 정신을 차린 최상철은 허리 뒤에 넣은 쇠망치를 꺼내 들었다.

"씨발! 니 죽고 나 죽자!"

이판사판이 된 최상철은 최미현을 밀쳐냈다.

"꺄악!"

최미현이 최상철의 거친 손길에 몸을 가누지 못하고 바닥에 내동댕이쳐지는 순간.

그녀를 부드럽게 붙잡아주는 손길이 있었다.

다름 아닌 현성이었다. 자신을 향해 쇄도해 오던 최상철의 쇠망치를 피해낸 후, 최미현을 구한 것이다.

"잠시만 기다려 주세요."

최미현을 위해 쿠션을 역할을 하며 구해낸 현성은 그녀를 뒤로 했다. 바로 눈앞에서 붉으락푸르락한 표정의 최상철이 쇠망치를 치켜들며 노려보고 있었다.

'아…….'

그리고 현성의 등 뒤에서 주저앉은 최미현은 두근거리는 가슴을 진정시킬 수 없었다.

그녀에게 새겨진 현성의 인상이 너무 강렬했기 때문이다.

사실 최미현은 노부유키에게 붙잡혔을 때부터 포기하고 있었다. 아무도 자신을 구하러 와줄 것이라 생각하지 않고 있었던 것이다.

그도 그럴 것이 대체 누가 자신을 구하러 온단 말인가?

그나마 가능성이 있다면 국정원이었지만, 기대는 할 수 없었다. 국정원이 움직이기 위해서는 명분과 증거가 있어야 했기 때문이다.

무턱대고 움직일 만큼 정보기관은 호락호락한 곳이 아니었으며 까닥 잘못했다간 외교 문제로 번질 수도 있었다.

그 때문에 최미현은 뉴 엘리트파의 비밀 아지트로 옮겨졌을 때부터 이미 자포자기한 상태였다.

하지만 그런 그녀 앞에 희망이 나타났다.

한눈에 봐도 앳되어 보이는 고등학생이 뉴 엘리트파의 조직원들을 혼자서 추풍낙엽처럼 쓰러뜨리고 있었던 것이다.

최미현은 자신을 지키기 위해 눈앞에 서 있는 현성의 작지만 거인 같은 등을 붉어진 얼굴로 바라봤다.

꼭 현성이 잘생겨서 그런 것만은 아니었다.

자신을 구하기 위해 수십 명의 조직원들과 싸우는 현성의 모습에서 감동을 했기 때문이다.

원래는 쿠레하를 구하기 위해 온 것이었지만, 지금 최미현의 상태에서는 그런 사소한 것쯤은 아무런 문제가 되지 않았다.

그렇게 최미현이 두근거리는 가슴으로 현성을 바라보고 있을 때, 등 뒤를 찌르는 시선을 느꼈다.

아무 생각 없이 고개를 돌린 그곳에 살짝 떨어진 곳에서 자신을 바라보는 한 명의 여인을 볼 수 있었다.

허리까지 내려오는 흑단 같이 검은 머리카락을 가진 강인한 인상의 미녀. 그녀는 다름 아닌 요모기 쿠레하였다.

'……!'

둘의 시선이 마주친 순간 그녀들 사이로 불꽃이 튀는 것 같았다. 그리고 그녀들은 서로를 본 순간 직감했다.

한 남자를 둘러싼 연적을 만났다고 말이다.

그렇게 두 여인이 서로 라이벌임을 인식하고 있을 때, 현성은 여유롭게 최상철을 상대하고 있었다.

"이 건방진 노무 새끼! 여자 앞이라고 어디서 폼 잡고 있노!"

최상철은 쇠망치를 위협적으로 치켜들고 현성을 향해 달려들었다. 그리고 위에서 아래로 비스듬히 쇠망치를 내려쳤다.

하지만 현성은 그 일격을 가볍게 피해내고 최상철의 명치에 주먹을 꽂아 넣었다.

"크에에엑!"

그러자 최상철은 배를 감싸며 주저앉더니 토악질을 해댔다. 그 위에서 현성은 차가운 목소리로 말했다.

"말해라. 네가 이번 일의 주모자인가?"

"쿨럭! 씨, 씨발새끼! 콱 쥑이뻰다!"

하지만 최상철은 치솟아오르는 분노와 현성이 가지고 있는 힘에 대한 두려움으로 이미 제정신이 아니었다.

최상철은 쇠망치를 다시 치켜들었다.

“죽어라, 이 씨발새끼야아아아아!”

“말로 해선 안 되겠군.”

현성은 자신을 향해 달려오는 최상철을 차가운 눈으로 바라보며 몸을 움직였다.

퍼억! 퍽!

명치에 한 방, 그리고 후두부에 한 방.

쿠웅!

깔끔한 동작으로 공격을 히트시키자 최상철은 달려오던 기세 그대로 눈을 까뒤집으며 쓰러졌다. 그리고 입에서는 게거품을 물고 있었다.

“그러게 말로 할 때 들을 것이지.”

그렇게 뉴 엘리트파의 행동 대장 쇠망치를 쓰러뜨린 현성은 남아 있는 조직원들을 바라봤다.

“남은 건 너희뿐이로군. 그럼 슬슬 끝을 내볼까?”

현성은 씩 웃으며 남아 있는 조직원들을 향해 쇄도했다.

제 9 장
사무라이의 습격

뉴 엘리트파의 조직원들과 현성의 싸움은 오래가지 않았다. 레이포스를 활성화하여 최대한 육탄전으로 몰아간 덕분에 마법 사용을 줄일 수 있었다.

아니, 애당초 마법에 대해 알고 있는 사람은 없을 터.

하지만 위험한 상황에서 뜻밖의 도움을 받게 된 최미현은 복잡한 눈빛이었다. 그녀는 현성이 뉴 엘리트파의 조직원들을 전부 쓰러뜨리자 조심스러운 표정으로 입을 열었다.

"대, 대단하네요. 그 나이에 이런 일을 해내다니……."

비록 눈앞에 있는 소년이 나이는 어렸지만 최미현은 존대를 했다.

그녀의 말대로 현성이 해낸 일을 무시할 수 없었기 때문이다. 또한, 최미현은 현성을 의심하고 있었다.

'설마… 아니겠지.'

최미현은 반신반의한 마음으로 현성을 바라봤다.

그녀의 아버지는 국가정보원의 국정원장이었으며, 그녀 자신도 국가정보원의 비밀 요원이었다.

그 덕분에 그녀는 톱클래스 기밀로 분류되어 있는 정보도 일부 알고 있었다.

인간 이상의 힘을 가진 자들.

바로 인천 역사 유물 박물관에 대한 극비 정보였다.

"별일 아니지요."

현성은 최미현의 말에 가볍게 응수한 후, 그녀를 가만히 바라봤다. 20대 후반으로 보이는 나이에 포니테일이 인상적인 미녀였다.

'흠…….'

그녀를 잠시 관찰하던 현성은 이내 흥미로운 점을 발견했다. 몸을 단련한 흔적이 보였던 것이다.

"그러고 보니 아직 통성명을 하지 않았네요. 저는 김현성이라고 합니다. 당신은……?"

"최미현이에요. 구해줘서 고마워요."

최미현은 고개를 끄덕이며 감사의 표현을 했다. 다만 옥의 티가 있다면 현성을 경계하고 있다는 점이었다.

현성의 정체를 모르는 이상 어쩔 수 없었다.

"그런데 이곳에는 어쩌다가 오게 된 것입니까?"

"……!"

이어지는 현성의 질문에 최미현은 식은땀을 흘렸다.

그녀가 이곳에 잡혀온 이유는 일본 극동회 야쿠자인 노부유키를 조사하다가 발각되었기 때문이었으니까.

그리고 무엇보다 그녀는 국정원의 에이전트였다.

국정원의 직원들은 기밀 유지를 위해서 자신들이 누구인지 가족들에게조차 이야기하지 않는다.

국정원에서 정체를 밝히는 직위는 국정원장을 시작해서 제1 차장, 제2 차장, 제3 차장과 기획 조정 실장까지다.

그 외에는 같은 부서가 아닌 이상 국정원 직원들끼리도 서로에 대해 알지 못했다.

하지만 최현과 최미현은 예외였다. 그들은 서로가 국정원에서 일하고 있다는 사실을 잘 알고 있었다.

최미현의 아버지인 최현이 국정원의 정보를 전부 손에 쥘 수 있고, 또한 일반 대중에게 정체를 드러낼 수 있는 자리인 국정원장이었기 때문이다.

당연히 자신의 딸인 최미현이 국정원의 요원이라는 사실을 모를 리 없었다.

"말하기 곤란한가요?"

"그, 그게……."

현성의 물음에 최미현은 주저했다. 그리고 의아한 표정으로 자신의 얼굴을 빤히 바라보는 현성의 모습에 최미현은 가슴이 두근거리고 얼굴이 화끈거렸다.

하긴, 그럴 수밖에.

현성은 1클래스 매혹 마법을 자신에게 걸어놓고 있었다.

매혹 마법은 1클래스인만큼 큰 위력이 없기 때문에 정신력이 쇠약한 상태가 아니라면 걸리기 어려운 마법이었다.

하지만 지금 최미현의 상태는 매혹 마법에 걸리기 쉬운 상태였다.

지난밤에 노부유키에게 시달린 탓에 정신적 및 육체적으로 지쳐 있었으며, 모든 것을 포기하고 있던 때 현성이 나타나서 구해주었으니 말이다.

비록 현성의 정체가 의심스럽기는 하나 위기의 순간에 자신을 구해줬다는 사실에는 변함이 없었다. 현성에 대해 호의가 없다면 거짓말일 것이다.

그 때문에 현재 최미현은 현성이 시전한 매혹 마법에 넘어올 확률이 매우 높은 상태였다.

하지만 그래도 명색이 국정원의 요원.

자신의 정체나 진실을 말하는 데 주저하고 있었다.

'이런 상황에도 넘어오지 않는 건가?'

현성은 눈앞에서 주저하고 있는 최미현을 바라보며 흥미로운 표정을 지었다.

비록 지금은 4서클 마스터 수준이지만, 본래 현성은 8클래스를 마스터한 대마법사였다.

그런 만큼 4서클의 마력을 가지고 있더라도 현성이 시전한 1클래스 마법은 위력이 남달랐다.

그럼에도 불구하고 최미현은 현성의 매혹 마법에 저항을 하는 모습을 보이고 있었던 것이다.

'역시 무슨 특수한 훈련이라도 받은 모양이군.'

처음 그녀를 관찰하면서 전체적으로 몸을 단련한 흔적을 발견했다. 물론 치한 퇴치나 좋지 않은 목적으로 들러붙는 남자들을 제압하기 위해 호신술을 배웠을 수도 있었다.

하지만 그녀는 그보다 더욱 전문적인 훈련을 받은 것처럼 보였다. 그 일례로 그녀의 검지에는 굳은살이 박혀 있었다.

사격 훈련을 해왔다는 증거다.

그래서 현성은 그녀를 한번 떠보기 위해 은근슬쩍 매혹 마법을 쓰고 질문을 했던 것이다.

그런데 저항을 해올 줄이야.

"재미있네요. 당신 같은 사람이 조직폭력단의 비밀 아지트에 있다니."

"그게 무슨……?"

"본인이 더 잘 알고 있지 않나요?"

현성은 멍한 표정을 짓고 있는 최미현을 바라보며 피식 웃어 보였다.

국내에서 사격 훈련을 받았다고 한다면 가장 먼저 군대가 떠올랐다. 군대에는 남성뿐만이 아니라 여성도 있으며, 그녀가 군 특수부대 출신이라면 강한 정신력과 단련된 몸을 설명할 수 있었다.

하지만 군 특수부대와 조직폭력단이 서로 연관되어 있다고는 생각할 수 없었다.

따라서 그녀가 군 특수부대에서 왔다는 사실은 기각했다.

그 다음 후보는 경찰이었다. 경찰 또한 사격 훈련을 하며 군과 마찬가지로 몸을 단련시킨다.

그녀가 경찰이라면 몸을 단련한 이유를 납득할 수 있었다.

하지만 이번에도 현성은 고개를 흔들었다.

그녀가 정말 경찰이라면 자신에게 말하기를 주저할 리 없었다. 오히려 자랑스럽게 자신이 누구인지 말했을 것이다.

그렇다면 남은 것은 단 하나!

"국정원의 직원이 이런 곳엔 무슨 일입니까?"

"……!"

최미현은 놀란 얼굴로 현성을 바라봤다.

"어, 어떻게……?"

최미현은 이해를 하지 못한 표정을 지었다.

대체 무엇을 어떻게 생각해야 자신이 국정원의 요원이라는 사실을 알아냈다는 말인가?

"간단한 소거법이죠. 당신이 훈련을 받았다는 사실은 한눈에 알 수 있었습니다."

"하, 한눈에?"

"예. 그리고 강한 정신력의 소유자라는 사실도요. 거기까지 안 이상 당신이 국정원 직원이라는 사실까지 유추하는 건 오래 걸리지 않았습니다. 우리나라에서 여성이 훈련을 해야 하고 받을 수 있는 시설은 손에 꼽을 정도니까요. 군대이거나, 혹은 경찰이거나, 아니면……."

현성은 눈을 빛냈다.

"국가정보기관이거나."

"그, 그런……."

노부유키와 같은 야쿠자도 자신의 정체를 알아차리지 못했다. 하지만 단 몇 마디를 나누었을 뿐인데 자신의 정체를 알아차리다니!

최미현은 현성의 통찰력에 놀라지 않을 수 없었다.

"거기에 조직폭력단과의 연관과 당신이 보인 반응으로 보아 정보기관의 요원이라고 판단했습니다. 그리고 우리나라에 정보기관이라면 국가정보원, 즉 국정원밖에 없지요."

"과, 과연……."

장황한 현성의 말에 최미현은 고개를 끄덕이며 납득했다.

'역시 그는…….'

최미현은 뛰어난 전투 수행 능력과 적은 정보로 자신의 정체를 추측해낸 비상한 머리를 보고 현성이 인천 역사 유물 박물관에 소속된 인물이 아닐까 하는 의구심이 증폭되어 갔다.

"당신은 인천 역사 유물 박물관의 직원인가요?"

"인천 역사 유물 박물관? 그건 또 무슨 소리입니까?

현성은 최미현의 말에 속으로 살짝 놀랐지만 태연한 얼굴로 받아 넘겼다.

"시치미 떼도 소용없어요. 당신이 보여준 전투 능력만 해도 충분히 인천 역사 유물 박물관과 연관이 있다는 것쯤은 알 수 있으니까요."

"무슨 소린지 전 모르겠군요."

현성은 끝까지 발뺌했다.

그도 그럴 것이 이미 유나에게 자신이 마법 협회의 인간이라는 사실을 알리지 말라고 당부를 받았기 때문이다.

하지만 최미현은 확신범을 바라보는 눈초리였다.

"저는 국정원의 직원이에요. 그 때문에 당신들에 대해서도 알고 있지요. 물론 현대 과학으로도 설명할 수 없는 신비한 힘을 가지고 있다는 것도요."

최미현은 자신이 국정원의 직원이라는 사실을 인정했다.

원래대로라면 자신이 국정원 직원이라는 사실을 극구 부인하며 숨겨야 하지만, 눈앞에 있는 소년은 그동안 베일 속에 감춰져 있는 인천 역사 유물 박물관과 연관이 있는 인물임에 틀림없었다.

그렇다면 자신의 정체를 말하는 것쯤은 아무것도 아니었다.

최미현은 현성을 바라보며 말을 이었다.

"물론 저는 마약과 소속이기 때문에 자세히는 몰라요. 하지만 국정원 내부에 당신들에 대해 전문적으로 담당하는 부서가 있다는 소문이 있죠."

"……."

최미현의 말에 현성은 놀랄 수밖에 없었다.

그녀의 말에 의하면 이미 정부가 인천 역사 유물 박물관, 즉 마법 협회에 대해 어느 정도 정보를 가지고 있다는 말이 아닌가?

'곤란하게 됐군.'

현성은 속으로 혀를 찼다.

설마 최미현이 인천 역사 유물 박물관에 대해 알고 있을 줄이야. 괜히 국정원의 직원이 아닌 모양이었다.

하지만 현성의 위기를 구원해주는 목소리가 있었다.

"나를 빼놓고 대체 무슨 이야기를 하고 있는 거지?"

현성과 최미현의 옆에서 잠자코 이야기를 듣고 있던 쿠레하가 불쑥 끼어든 것이다.

"당신은……?"

쿠레하의 참견에 최미현이 탐탁지 않은 눈으로 그녀를 바라봤다. 자신과 마찬가지로 뉴 엘리트파의 비밀 아지트에 잡혀온 여인. 그리고 그녀와 현성은 서로 아는 사이로 보였다.

"요모기 쿠레하다."

"요모기? 설마 일본 야쿠자 조직인 요모기 연합의?"

"그렇다."

"요모기 연합의 후계자가 이런 장소에는 왜 있는 거죠?"

최미현과 쿠레하는 서로 팔짱을 끼고 노려보기 시작했다.

국정원의 정보원답게 최미현은 일본 야쿠자 조직에 대해서 어느 정도 알고 있었다.

하물며 요모기 연합은 일본 야쿠자 조직 내에서 제법 알려져 있는 세력. 그녀가 모를 리 없었다.

"네 알 바 아니지."

"뭐라구요?"

그녀들은 불꽃이 튈 것 같은 시선으로 서로를 노려봤다.

'대체 저 소년과는 무슨 관계일까?'

'저 여자와 현성을 함께 있게 해서는 안 되겠군.'

그녀들은 서로를 처음 봤을 때부터 같은 목적을 가지고 있다는 사실을 인지하고 있었다. 서로가 한 가지 목적을 위한 라이벌임을 자각하고 있었던 것이다.

"재미있군요. 일본 야쿠자가 뉴 엘리트파의 비밀 아지트에 붙잡혀 오다니. 그리고 현성 군과는 어떤 관계죠?"

"그거야 말로 네가 알 필요가 없는 일이지."

쿠레하는 승리자라도 된 것 마냥 입 꼬리를 말아 올리며 의기양양한 미소를 지었다.

하지만 최미현의 질문에 현성이 쿠레하 대신 답변했다.

“저는 그녀의 경호원입니다.”

“경호원?”

“쳇.”

현성의 대답에 최미현은 의아한 표정을 지었으며, 쿠레하는 혀를 찼다.

“의뢰를 받았거든요.”

“그럼 이곳에 온 이유가……?”

“뉴 엘리트파에 납치당한 그녀를 구하기 위해서죠.”

현성의 말에 최미현은 묘한 표정을 지었다.

그도 그럴 것이 눈앞에 있는 현성은 아직 스무 살도 되지 않는 소년이었다.

나이도 어린 소년이 야쿠자의 경호원인 것도 모자라, 수십 명이나 되는 조직원이 있는 비밀 아지트에 단신으로 한 여자를 구하러 온 것이다.

평상시였다면 절대 믿을 수 없는 이야기였지만, 최미현은 이미 혼자서 뉴 엘리트파의 조직원을 전부 때려눕히는 현성의 모습을 본 뒤였다.

그러니 현성의 말을 믿을 수밖에 없었다.

그리고 그녀는 극동회 소속 야쿠자인 노부유키가 뉴 엘리트파와 빈번하게 교류를 하고 있다는 사실을 알고 있었다.

또한, 극동회와 요모기 연합이 서로 적대 관계에 있다는 사실까지도.

"일이 재미있게 되어 가네요. 그녀가 뉴 엘리트파에 납치를 당한 것도, 그리고 한국에 온 것도 한 가지 이유 때문 아닌가요?"

"무슨 이유 말입니까?"

현성의 질문에 최미현은 의미심장한 미소를 지었다.

"마약. 조만간 인천에서 대규모로 유통되려고 하는 필로폰 말이죠."

"……!"

최미현의 말에 현성은 잠시 놀란 표정을 지었다가 이내 납득했다.

"국정원에서는 이미 마약이 움직이려고 하는 것을 알고 있었군요."

"예. 최근 야쿠자들이 한국에 입국해 오면서 세관원의 눈을 피해 마약을 몰래 밀수하고 있다는 정보를 입수했거든요."

"그럼 이곳에 있는 건……?"

"부주의했죠."

최미현은 쓴웃음을 지었다.

그녀도 설마 마약 조사를 하다가 노부유키에게 잡히게 될 줄은 몰랐던 것이다.

'문제는 마약뿐만이 아니었지.'

마약과 함께 숨겨져 있던 그 물건.

위험성으로 따지자면 마약이랑 비교할 수 없었다.

"그보다 전 그쪽 여자 분에게 묻고 싶은 것이 많은데요?"

최미현의 눈길이 쿠레하를 향했다. 어떤 형식으로든 쿠레하와 이번 사태는 연관성이 있을 터였다.

"무슨 말이 하고 싶은 거지?"

"당신이 한국에 온 이유를 듣고 싶군요."

"흥……."

최미현의 질문에 쿠레하는 피식 웃음을 흘렸다.

최미현의 의도가 무엇인지 알고 있었기 때문이다. 그녀의 말대로 쿠레하는 마약과 연관이 깊었다. 하지만 최미현이 알고 있는 사실은 검증되지 않은 정보에 지나지 않는다.

즉, 쿠레하가 마약과 연관되어 있다는 증거가 어디에도 없다는 말이다.

"글쎄… 관광?"

쿠레하는 코웃음을 치며 대답했다. 그러자 최미현의 눈빛이 날카로워졌다.

"지금 같은 상황에서도 발뺌할 생각인가요?"

"난 무슨 말을 하고 있는지 모르겠는데?"

최미현의 다그치는 말에 쿠레하는 능청을 떨었다.

순순히 최미현의 의도대로 넘어갈 만큼 쿠레하도 호락호락하지 않았다.

마약과 자신이 연관되어 있다는 소리는 곧 범죄를 시인하는 것과도 같은 것.

그것을 순순히 말해줄 바보가 세상천지 어디에 있을까?

"한국의 공무원은 참 대단하군. 아무런 증거도 없으면서 사람을 몰아붙이는 건가?"

"어, 언제까지 그렇게 잘난 척을 할 수 있나 두고 보죠. 조사하면 다 나오니까!"

"그것 참 기대되는 군."

찌릿!

그녀들은 또다시 서로를 노려보기 시작했다.

분명 서로 미소를 짓고 있었지만, 그녀들의 시선이 얼마나 살벌한지 마치 스파크가 튀고 있는 것처럼 보일 정도였다.

"이야기는 그쯤 하도록 하지요."

결국 더 이상 그녀들을 놔뒀다간 무슨 일이 벌어질지 걱정이 된 현성이 중재에 나섰다.

"하, 하지만……."

현성의 말에 최미현은 애절한 표정을 지었다.

이번 일은 국내 폭력 조직인 뉴 엘리트파와 일본 야쿠자 조직인 극동회가 국내에 마약을 유통시키려고 한 대사건이었다. 그리고 그것을 풀 수 있는 정보를 쥐고 있는 사람이 바로 눈앞에 있는 요모기 쿠레하였다.

무슨 수를 써서라도 최미현은 쿠레하로부터 이번 마약 사건에 관한 정보를 입수해야 했다. 그뿐이 아니라 자신이 노부유키의 창고에서 본 그 물건에 대한 정보도 말이다.

"아무래도 느긋하게 이야기를 하고 있을 상황이 아닌 것 같아서 말입니다."

"그게 무슨……?"

현성의 말에 최미현과 쿠레하는 의아한 표정을 지었다.

지금 이곳에는 자신들밖에 없었다. 아지트에 있던 뉴 엘리트파의 조직원은 전부 현성이 기절시켰으니 말이다.

다시 정신을 차리려면 최소 하루는 지나야 했다.

하지만…

"그만 나오는 게 어떤가? 쥐새끼처럼 엿듣지 말고."

현성은 씩 웃으며 말했다.

그러자 벽기둥 뒤에서 인기척도 없이 숨어 있던 사내 한 명이 모습을 드러내는 게 아닌가?

갑작스럽게 나타난 불청객의 모습에 최미현과 쿠레하는 놀란 표정을 지었다.

*　　*　　*

"어떻게 알았지?"

약간 어눌한 어투로 말하는 삼십대 중반의 사내.

그는 샤프한 검은색 선글라스에 세련된 디자인의 검은색 정장을 입고 있었으며, 무엇보다 특이한 점이 하나 있었다.

왼손에 일본도가 한 자루 들려 있었던 것이다.

"살금살금 숨어 들어온다고 해서 내가 모를 줄 알았나?"

"어린 나이에 실력이 제법이군."

사내는 눈빛에 이채를 띠었다.

설마 눈앞에 있는 소년이 자신의 기척을 알아챌 줄이야.

"네가 이곳에 있는 조직원들을 쓰러뜨린 것이냐?"

"그렇다면 어쩔 거지?"

"쯧… 일을 복잡하게 만드는군."

사내는 혀를 찼다.

사내의 이름은 호죠 슈이치.

이름에서 알 수 있다시피 일본인이다. 그가 뉴 엘리트파의 비밀 아지트에 온 이유는 노부유키의 명령을 이행하기 위해서였다.

그 명령은 증거인멸.

처음부터 노부유키는 뉴 엘리트파를 이용해 먹을 생각이었다. 뉴 엘리트파는 노부유키의 생각대로 움직여 주었다. 요모기 연합의 후계자인 요모기 쿠레하를 납치해 왔으니까.

게다가 뉴 엘리트파의 아지트에는 비밀 창고에서 잡아온 정체불명의 여인이 있었다. 노부유키는 그녀를 경찰들의 끄나풀 정도로 생각했다. 그래서 경찰들이 자신들의 움직임에 대해 얼마나 알고 있는지 알아낼 생각이었으나 예정을 바꿨다.

오히려 그녀를 이용해서 경찰들의 이목을 뉴 엘리트파로 쏠리게 만들 생각이었던 것이다.

인적이 드문 폐가촌에 살해당한 두 명의 시신. 그리고 그곳에는 뉴 엘리트파의 조직원들이 있다.

당연히 두 명의 여인을 살해한 범인은 뉴 엘리트파라고 생각할 것이다.

그렇게 만드는 일이 바로 슈이치의 목적이었다.

아무도 모르게 아지트에 잠입. 그리고 아지트에 잡혀 있는 두 명의 여인을 살해한다. 그 후 경찰에 통보하면 끝나는 일이었다. 이후의 일은 일사천리라고 할 수 있었다.

비밀 아지트에는 극동회가 넘겨준 마약도 일부 있기에 뉴 엘리트파는 납치, 살인, 마약 등으로 경찰들의 손에 의해 풍비박산이 날 것이다.

그리고 당연히 경찰들의 이목은 뉴 엘리트파에 쏠리게 될 터. 바로 그때가 노부유키에게는 찬스였다.

인천에 마약을 유통시킬 찬스 말이다.

'그런데…….'

"네놈 덕분에 일이 틀어져 버렸다. 이렇게 된 이상 전부 저세상으로 보내주지."

스르릉.

사내는 왼손에 들고 있던 일본도를 천천히 뽑아내기 시작했다. 스산한 소리와 함께 빛이 번뜩인다.

"성질도 급하군. 넌 대체 누구냐?"

"글쎄… 그걸 구태여 말할 필요가 있을까?"

사내는 희미한 미소와 함께 득달같이 현성을 향해 달려들었다.

쉬이익!

1미터에 살짝 못 미치는 일본도의 칼날이 바람을 가르며 현성을 향해 쇄도했다.

'헛!'

순간 현성은 놀란 표정을 지었다.

생각 이상으로 빠른 일격이었기 때문이다.

불과 종이 한 장 차이로 슈이치의 일본도가 현성의 옆을 스쳐 지나갔다.

"……."

'위, 위험했다.'

가까스로 슈이치의 공격을 피한 현성은 식은땀을 흘렸다.

생각보다 슈이치의 일격이 빨랐던 것이다. 슈이치의 공격 자세를 보고 레이포스를 활성화하고 있지 않았다면 조금 전 일격으로 당했을 지도 몰랐다.

"대단하군. 설마 내 일격을 피할 줄이야."

슈이치의 감탄의 빛이 잠깐 감돌았다.

지금까지 자신의 첫 일격을 피한 존재는 손에 꼽을 정도였으니 말이다.

"하지만 거기까지다. 다음 공격도 과연 피할 수 있을까?"

슈이치는 먹이를 노리는 매의 눈으로 현성을 노려봤다.

그리고 변화가 일어났다. 일본도에서 하얀 기운이 흘러나오기 시작한 것이다.

'저… 저건?!'

그 모습을 본 현성의 눈이 부릅떠졌다.

슈이치의 일본도에서 흘러나오는 하얀 기운을 많이 보아왔기 때문이다.

다름 아닌 이드레시안 차원계에서.

"소드… 오러인가?"

"호오? 소드 오러라. 그렇군. 네 놈의 정체는……."

현성의 놀란 말에 슈이치는 알 것 같다는 표정을 지었다.

"마법사였구나!"

"……!"

자신의 한마디에 마법사라는 정체를 간파당한 현성은 눈을 가늘게 떴다.

"어떻게 알았지?"

"간단한 일이다. 마법사 놈들은 검기를 보고 오러라고 부르니까 말이야."

"과연……."

슈이치의 말에 현성은 한 가지 사실을 알 수 있었다. 이 세계에는 마법사뿐만이 아니라 소드 오러를 다루는 검사가 있다는 사실을 말이다.

'설마 마법사 이외에도 소드 오러를 발현시킬 수 있는 검사가 현대에 존재할 줄이야…….'

현성은 놀라지 않을 수 없었다.

소드 오러를 다루는 검사는 마법으로 치자면 3클래스 마스터 이상의 실력을 가졌다.

현대의 마법사들이 대부분 1~3클래스 마스터인 것을 생각하면 눈앞에 있는 사내는 상당히 강한 존재라는 소리였다.

'하지만…….'

현성은 고개를 흔들었다.

소드 오러를 발현시켰다는 사실은 분명 놀라운 일이었다.

하나, 이드레시안 차원계의 기사나 검사들과 비교해 본다면 한참 모자랐다.

슈이치의 일본도에서 흘러나오는 소드 오러는 너무나 미미했던 것이다.

현대에 존재하는 마나의 기운이 미약하다는 것을 생각하면 당연한 결과였다. 아니, 본래라면 저런 소드 오러의 발현조차 불가능했다.

하지만 슈이치는 소드 오러를 현대에서 발현해냈다.

대체 어떻게?

'아직 세상에는 내가 모르는 것들이 존재하고 있구나.'

마치 양파와도 같은 세상이 아닐 수 없었다.

까면 깔수록 자신이 모르는 비밀이 계속 까여져 나오고 있으니 말이다.

"네 녀석이 마법사라는 소리는 마법 협회 한국 지부 소속이라는 이야기겠지."

"마법 협회도 알고 있나?"

"당연히 알고 있지. 나는 마법 협회 일본 지부 소속이니까 말이야."

"뭐라고?"

설마 눈앞에 있는 사내가 마법 협회 일본 지부 소속이었을 줄이야.

그렇다면 그가 소드 오러를 발현시켰다는 사실도 납득할 수 있었다. 일본에 있는 마법사들이 무언가 수작을 부려서 그에게 소드 오러의 능력을 부여했을지도 모르는 일이었으니까.

"뭘 그리 놀라나? 설마 한국 지부와 일본 지부가 서로 항쟁 중이라는 사실도 모르고 있는 건 아니겠지?"

"허……."

이번에는 정말 진심으로 놀랄 수밖에 없었다.

마법 협회 한국 지부의 속사정을 처음 들었기 때문이다. 그리고 그 말은 곧…….

'나는 아직 마법 협회에서 인정받지 못하고 있다는 이야기로군.'

그렇지 않고서야 한국 지부와 일본 지부가 항쟁 중이라는 중요한 사실을 서유나가 자신에게 말하지 않을 리 없었다.

그리고 어째서 마법 협회에서 자신을 가입시키려고 했는지도 알 수 있을 것 같았다. 요컨대 일본 지부와 항쟁에 언젠가 도움이 될 자신의 힘이 필요했던 것이다.

"마… 마법 협회라니, 그게 무슨……?"

그때 현성의 등 뒤에서 놀란 목소리가 들려왔다. 고개를 뒤로 돌리자 이야기를 제대로 따라오지 못하고 어리둥절한 표정을 짓고 있는 쿠레하와, 확신범을 바라보고 있는 최미현의 모습이 현성의 눈에 들어왔다.

'쯧… 골치 아파졌군.'

슈이치 때문에 뜻하지 않게 정체가 드러난 것이다. 현성은 눈살을 살짝 찌푸리며 입을 열었다.

"마법 협회의 인간치곤 말이 너무 많은 거 아닌가?"

"뭐, 상관없지 않나? 어차피 네놈들은 이곳에서 전부 죽게 될 테니까."

"글쎄… 생각대로 되지 않는 게 세상사라고 할 수 있지."

"나이도 어린 녀석이 세상 다 산 것처럼 말하는군."

"그래 보이나?"

슈이치의 말에 현성은 피식 웃었다. 꼭 틀린 말은 아니었기 때문이다.

그러나 이내 현성은 차가운 눈으로 슈이치를 노려봤다.

달라진 현성의 기세를 느낀 것일까.

슈이치 또한 얼굴을 굳히며 현성을 향해 일본도를 겨눴다.

서서히 미미하게 피어오르기 시작하는 하얀 기운.

이번 일격으로 현성을 쓰러뜨리겠다는 기세가 충분히 느껴졌다. 그에 맞서 현성 또한 마나 서클을 회전시키며 슈이치의 움직임을 주시했다.

"타핫!"

기합성과 함께 눈부신 속도로 슈이치의 일본도가 위에서 아래로 휘둘러졌다. 단순한 동작이었으나, 그 속도는 일반인의 동체 시력을 뛰어넘었다.

슈이치 또한 현성처럼 마나를 사용하여 신체 능력을 강화시킬 수 있었던 것이다.

그뿐만이 아니었다.

현성과 슈이치는 최소 3미터 이상 떨어져 있었다.

하지만 그 공간을 가르며 현성을 향해 날카롭고 거친 칼날 같은 바람이 쇄도해 가고 있었다.

'크, 이건……?'

"신풍(神風). 카미카제."

생각지도 못했던 원거리 공격!

현성을 향해 회심의 일격을 날린 슈이치는 입가에 희미한 미소를 띄웠다.

반면 현성은 슈이치에게 두 가지 허를 찔렸다.

저런 빈약한 소드 오러로 공간을 뛰어넘어 공격을 했다는 점. 그리고 현성의 등 뒤에는 마법과 전혀 관계없는 쿠레하와 최미현이 있다는 점이었다.

'피할 수 없다!'

"실드!"

현성은 다급히 2클래스 방어 마법을 시전했다.

그 직후,

파아아앙!

공기가 찢어지는 폭음이 울려 퍼졌다. 슈이치가 날린 바람의 칼날이 그대로 폭발한 것이다.

슈이치가 현성을 공격한 바람의 칼날 즉, 신풍 카미카제의 정체는 다름 아닌 압축 공기였다.

그 폭발을 현성은 고스란히 받은 것이다.

"아……"

폭발이 발생하면서 생겨난 폭풍에 떠밀려 바닥에 내동댕이쳐졌던 쿠레하와 최미현은 몸을 추슬렀다. 그리고 멍한 눈으로 조금 전 현성이 서 있던 자리를 바라봤다.

돌먼지가 서서히 가라앉고 있는 그곳에 피투성이가 되어 서 있는 현성의 모습이 보였다.

'살아 있구나!'

가볍게 몸을 들썩이며 숨을 쉬고 있는 현성의 모습에 최미현은 일단 안심했다.

하지만 쿠레하의 상태가 이상했다.

공기의 칼날에 난자당한 상처를 입고 가만히 서 있는 현성을 향해 시선이 못 박힌 듯 꼼짝도 하지 않았던 것이다.

그저 넋이 나간 표정으로 상처를 입고 있는 현성을 바라보고 있을 뿐이었다.

아직 한국에 오기 전, 일본에 있을 때 보았던 현성과 똑같은 상처를 입고 있던 그녀의 모습을 떠올리면서.

"호오. 아직 살아 있나. 설마 그 폭발 속에서 죽지 않았을 줄이야. 명이 질기군."

그때 슈이치가 만족스러운 미소를 지으며 입을 열었다.

쿠레하와 최미현의 든든한 버팀목이었든 현성이 당해버린 지금, 슈이치를 막을 수 있는 사람은 없었다.

"지금 당장 고통 속에서 해방시켜 주마."

슈이치는 만족스러운 미소를 지으며 일본도를 치켜들었다.

"아, 안 돼."

그 모습을 본 쿠레하와 최미현의 얼굴에 절망감이 깃들었다.

이대로라면 슈이치의 일본도에 현성의 목이 떨어질 판!

"무슨 고통 속에서 해방을 시켜주겠다는 건가?"

"?!"

슈이치의 등 뒤에서 갑작스럽게 들려온 목소리.

그 소리에 당사자인 슈이치 뿐만이 아니라 쿠레하와 최미현 또한 놀란 얼굴로 눈을 부릅떴다.

"어, 어떻게……?"

슈이치는 믿을 수 없는 눈으로 등 뒤를 바라봤다.

그곳에 멀쩡한 모습의 현성이 있는 게 아닌가?

그것을 본 슈이치는 믿을 수 없는 얼굴로 눈앞에 있는 현성과 자신의 등 뒤를 번갈아 돌아봤다.

"이, 이게 대체 어떻게 된 거냐!"

"기억력이 나쁘군. 네가 직접 말하지 않았나."

슈이치의 등 뒤에서 현성은 비웃음을 띄우며 말했다.

"내가 마법사라고."

"이런, 젠장!"

순간 슈이치는 몸을 돌리며 등 뒤에 있는 현성을 향해 일본도를 휘두르려고 했다.

"느리다."

'쇼크 웨이브!'

투콰앙!

하지만 그보다 먼저 현성의 3클래스 마법이 시전됐다. 슈이치는 등 뒤를 완전히 무방비 상태로 충격파를 고스란히 받아낼 수밖에 없었다.

"크헉!"

슈이치는 피를 토하며 벽 쪽으로 처박혔다.

"비, 빌어먹을……."

내상을 당했는지 슈이치는 피거품이 섞인 기침을 연거푸 해댔다. 그와 동시에 슈이치의 공격에 의해 피투성이가 되어 가만히 서 있던 현성의 모습은 이미 신기루처럼 사라져 있었다.

'대, 대체 무슨 일이 벌어지고 있는 거지?'

조금 전에 있었던 일련의 상황들을 지켜본 쿠레하와 최미현은 믿기지 않는 눈으로 바라봤다.

마법에 대해 알지 못하는 쿠레하와 최미현은 상황을 이해할 수 없었다. 최미현 또한 마법이라는 존재를 알고만 있을 뿐이지 자세하게는 모르고 있었던 것이다.

"이게… 마법인가?"

"그렇다."

입에 피거품을 내뿜으며 쥐어짜내듯 말하는 슈이치의 질문에 현성은 담담히 대답했다.

조금 전, 슈이치의 공격이 자신을 향해 다가올 때, 현성은 일루전 마법과 블링크, 그리고 에어 버스터 마법을 준비하고 있었던 것이다.

일반적인 4클래스 마스터 마법사였다면 동시에 세 가지 마법을 캐스팅해서 준비하지 못했을 것이다.

하지만 8클래스 대마도사였던 현성은 지금은 비록 마나 서클이 4개뿐인 4서클 마스터이긴 하나 트리플 캐스팅이 가능했다.

그 덕분에 슈이치의 신풍이 폭발할 때, 에어 버스트로 위력을 반감시켰다.

그 후 일루전 마법으로 폭발에 당한 것처럼 상처 입은 자신을 만들어냈다. 그리고 블링크로 폭발의 중심지에서 빠져나왔던 것이다.

2클래스 방어 마법인 실드는 슈이치를 속이기 위한 위장책이었을 뿐이었다.

그렇게 상대의 방심을 유도한 현성은 슈이치의 등 뒤에서 모습을 드러낸 것이다.

"자, 그럼 이제 네가 알고 있는 모든 걸 들어보도록 할까?"

현성은 벽에 등을 기대고 앉아 있는 슈이치를 차갑게 내려다봤다.

제 10 장
드러나기 시작하는 비밀

'흠.'

현성은 속으로 신음성을 내뱉었다.

눈앞에 있는 사내를 심문한 결과 몇 가지 사실을 알아냈다. 사내의 이름과 노부유키를 경호하기 위해 한국에 온 것 등등.

예상대로 노부유키와 연관이 있었지만, 알아낸 것은 그게 전부였다.

정작 중요한 요소인 현재 노부유키가 어디에 있는지, 그리고 마법 협회 일본 지부에 대한 정보는 알아낼 수 없었다.

"언제까지 말하지 않을 셈이지? 그대로 죽을 생각인가?"

"크! 순순히 말해줄 바에 그냥 죽고 말겠다."

"고집이 세군."

"으윽……."

지금 슈이치는 현성에게 목을 잡힌 채 들어 올려져 있었다.

이미 심각한 내상을 입고 현성의 심문을 받고 있던 터라 생명이 위험한 상황이었다.

이대로 가다간 필시 죽게될 터.

지금 당장에라도 치료를 받아야 했다.

하지만 그전에 노부유키에 대한 정보를 얻어낼 생각이었다.

만약 노부유키의 계획대로 인천에 마약이 대규모로 유통되기 시작하면 사회에 혼란이 생기게 될 테니까.

그렇게 되면 직접적이든 간접적이든 현성과 혹은 가족들에게 피해가 생기게 될지도 몰랐다.

"이제 그만하세요. 그러다 진짜 죽겠어요."

그때 현성을 말리는 목소리가 있었다. 최미현이었다.

"이놈에게 정보를 얻기 전엔 어림도 없습니다."

"정보를 얻기도 전에 죽으면 손해 아닌가요?"

"걱정하지 마시죠. 죽지 않을 정도로 조절하고 있으니까."

그렇게 말한 현성은 슈이치를 바닥으로 집어던졌다.

"크윽!"

슈이치는 신음을 내지르며 바닥을 몇 바퀴 구르다가 쿠레하의 앞에서 멈췄다.

"……."

쿠레하는 눈앞에 쓰러져 있는 슈이치를 차가운 눈으로 내려다봤다. 그녀는 기시감을 느끼고 있었다.

더 정확하게 이야기 한다면 슈이치가 신풍 카미카제라는 기술을 쓰고, 그 기술에 당한 모습으로 위장한 현성의 환영을 봤을 때부터였다.

슈이치의 공격에 당했을 때의 상황을 상정해서 현성이 일루전 마법으로 구현해낸 환영의 모습.

그 모습은 쿠레하가 일본에 있을 때 본 상처와 거의 같았다.

쿠레하는 바닥에 쓰러져 있는 슈이치에게 차가운 목소리로 입을 열었다.

"야마다 요시코를 알고 있나?"

"……!"

그 말에 순간 슈이치의 몸이 흠칫거렸다. 그리고 고개를 치켜들더니 쿠레하를 바라봤다.

"어째서 그 이름을 네가 알고 있지?"

"내 친구다."

"크흐흐."

쿠레하의 대답에 슈이치는 바람 빠지는 웃음을 흘렸다. 그 모습에 쿠레하는 직감했다. 슈이치가 요시코에 대해 알고 있다는 사실을 말이다.

"네놈!"

쿠레하는 슈이치의 멱살을 잡아 올렸다.

"너냐! 네가 그녀를 살해한 것이냐!"

"쿨럭, 쿨럭!"

쿠레하가 격하게 멱살을 잡고 흔드는 탓에 슈이치는 피거품이 섞인 기침을 토해냈다.

"그만해요!"

결국 보다 못한 최미현이 그녀를 말렸다.

쿠레하는 최미현의 손에 의해 슈이치로부터 떨어졌다.

하지만 그런 그녀에게 슈이치는 비릿한 미소를 지으며 말했다.

"야마다 요시코는 내가 죽였다. 아, 그렇다고 해도 금방 죽이지는 않았으니 안심해. 카미카제로 온몸을 상처투성이로 만들었을 뿐이니까."

"뭐라고?"

쿠레하는 이를 악물며 슈이치를 노려봤다.

"지금도 그녀의 모습이 떠오르는군. 칼을 휘두를 때마다 피투성이가 되어가며 살려달라는 그녀의 목소리가 말이야."

"이……!"

슈이치의 말에 이성을 잃은 쿠레하는 다시 그에게 달려들려고 했다. 하지만 그보다 먼저 달려든 인물이 있었다.

"말이 많군."

퍼억!

쿠레하보다 먼저 현성의 발이 슈이치의 얼굴로 날아들었다.

현성에게 발차기를 당한 슈이치는 힘없이 땅바닥을 구르더니 그대로 축 늘어졌다.

깜짝 놀란 최미현이 슈이치에게 다가갔다.

"아직 살아 있어요."

다행히 죽지는 않은 모양이었다.

"하지만 이대로 둔다면 얼마 못갈 거예요."

'쯧…….'

최미현의 말에 현성은 혀를 찼다.

그리고 별수 없이 슈이치에게 다가가 죽지 않을 정도로만 회복 마법을 걸어주었다.

어찌되었든 슈이치에게 알아낼 정보가 있으니 말이다.

"힐."

현성의 손에서 따뜻한 초록색 빛이 생겨나더니 정신을 잃고 기절한 슈이치를 향해 흘러갔다.

얼마 지나지 않아 파리하게 질려 있던 슈이치의 안색이 좋아지기 시작했다.

'이게… 마법.'

그 모습을 최미현은 신기한 듯 바라봤다.

국정원에서 소문만 무성하게 들었었지 이렇게 생생하게

바로 눈앞에서 직접 목격하게 될 줄은 생각지도 못한 일이었다.

그녀는 이번 일은 대체 어떻게 처리해야 할지 벌써부터 머리가 복잡했다.

하지만 그녀보다 더 골치가 아픈 사람이 있었다.

바로 현성이었다.

"내가 마법사라는 사실은 아무에게도 이야기하지 마십시오. 인천 역사 유물 박물관에서 어떻게 나올지 나도 모르니까요."

"예……."

현성은 일단 최미현에게 주의를 줬다. 하지만 말로만 주의를 준 것이기에 마음을 놓지는 않았다.

지금은 그렇다고 대답해도 자신이 없을 때 누군가에게 이야기를 하게 되면 골치 아파질지도 모르기 때문이다.

차라리 쿠레하라면 신경을 덜 써도 상관이 없었다.

일본 야쿠자인 그녀의 말을 믿어줄 사람은 거의 없을 테니까. 그냥 우스갯소리로 넘길 게 태반일 터였다.

하지만 최미현은 국정원의 정보 요원.

어설프게 자신이 마법사라는 사실을 알리지 말라고 이야기만 할 뿐이라면 나중에 어떻게 될지 모르는 일이었다.

'이번 일이 끝나면 한 번 더 입단속을 시켜야겠군. 아니면 최악의 방법이지만 그걸 쓸 수밖에…….'

슈이치를 쓰러뜨리기 위해 마법사라는 사실을 드러낼 수밖에 없었던 현성은 마음을 독하게 먹었다.

그렇게 최미현과 슈이치를 뒤로한 현성은 쿠레하를 바라봤다. 그녀는 망연자실한 표정으로 주저앉아 있었다.

쿠레하는 개인적인 문제로 인해 정신이 없어 보였다.

현성은 그녀를 바라보며 입을 열었다.

"아무래도 무슨 곡절이 있나 보군. 이제 전부 이야기하지 않겠나?"

현성의 말에 쿠레하는 현성을 올려다봤다.

그녀는 도무지 눈앞에 있는 소년의 정체를 알 수가 없었다.

한국의 폭력 조직인 후광파와 친분이 있는가 하면, 이번에는 마법사라고 한다.

평상시의 그녀였다면 절대로 현성을 믿지 않을 것이다.

현성을 신뢰하기에는 불확정 요소가 많았으니까.

하지만 뉴 엘리트파에 납치당한 자신을 구하기 위해 혈혈단신으로 얼마나 위험할지 알 수 없는 비밀 아지트로 찾아왔다.

어디 그뿐인가?

그는 뜻하지 않게 자신의 복수까지 이루어주었다.

자신의 소중한 친구를 살해한 슈이치를 쓰러뜨렸으니까.

"야마다 요시코는 내 소꿉친구다. 그리고……."

쿠레하는 고개를 떨구며 이야기를 하기 시작했다. 그리고 충격적인 사실을 밝혔다.

"일본에서 엔화 위조지폐 원판을 제작했지."

"……!"

"그게 무슨!"

쿠레하의 말에 현성과 최미현은 놀란 표정을 지었다.

야마다 요시코.

그녀는 고아로 요모기 연합에서 거두어들인 아이였으며, 쿠레하와 어렸을 때부터 지내온 소꿉친구였다. 집안 특성상 친구가 많지 않은 쿠레하에게 있어 요시코는 소중한 친구라고 할 수 있었다.

그 관계는 성인이 되고 쿠레하가 요모기 연합의 정식 후계자가 되었을 때도 변함이 없었다.

하지만 어느 날 돌연 요시코로부터 연락이 끊겼다. 전화 연락은 물론 그녀가 사는 집에서도 홀연히 사라져 버린 것이다.

"그런데 수개월이 지나고 어느 날 갑자기 다시 내 앞에 나타났지."

온몸에 날카로운 상처를 입고 살해된 채로.

슈이치와 싸우며 현성이 만들어낸 환영과 똑같은 상처를 입은 모습으로 말이다.

"지금도 믿기지 않아. 그녀가 죽었다는 사실이. 그리고 내 눈앞에 있는 저 빌어먹을 놈이 요시코를 죽였다는 사실이 말이야."

쿠레하의 이야기는 계속 이어졌다.

요시코가 변사체로 발견되었을 때 쿠레하는 후회했다.

그녀가 사라졌을 때 왜 좀 더 적극적으로 요시코를 찾지 않았었나 하면서 말이다.

그녀의 입장에서 보자면, 행방불명이 된 요시코를 찾기가 힘들었다. 경찰에 신고를 하자니 그녀는 일본의 폭력 조직인 요모기 연합의 후계자였다.

그래서 며칠간 조직원을 동원해 그녀의 행방을 수소문해 보았지만 찾을 수 없었다.

그런데 시체가 되어 다시 나타날 줄이야.

"이후 그녀를 죽인 게 누군지 알아보기 위해 조사를 시작했지. 조직원을 전부 동원해 알아보았지만 결국 알 수 없었다. 그러던 어느 날 내 앞으로 편지가 한 통 왔더군."

그 편지가 결정적이었다.

야마다 요시코가 살해당하기 전, 쿠레하 앞으로 보낸 편지였던 것이다.

"편지 내용은 믿을 수 없었다. 그 당시 우리 조직원이었던 노부유키가 요시코를 납치, 감금을 했다고 하니까 말이야."

목적은 엔화 위조지폐 원판의 제작.

야마다 요시코는 화가의 재능이 있었다.

그 때문에 노부유키가 그녀를 납치, 감금하여 위조지폐 원판을 제작하는 팀에 포함시켰다.

팀원은 약 열 명 정도.

각 분야의 전문가로 이루어진 그들은 자신이 원해서 제작하는 자들도 있었고, 돈 때문에 어쩔 수 없이 제작하는 자들도 있었다.

각양각색의 인물이었지만, 그들에게는 한 가지 공통점이 있었다. 바로 자유가 없다는 사실이었다.

노부유키가 데리고 온 야쿠자들이 항상 감시를 했던 것이다. 그 때문에 요시코는 쿠레하에게 연락을 할 수가 없었다.

거기다 노부유키가 데리고 온 야쿠자들은 요모기 연합의 조직원이 아니었다.

그 때문에 도움을 요청을 할 수도 없었다.

또한, 그들 중에는 현성이 쓰러뜨린 슈이치도 있었다.

그렇게 항상 감시를 당하고 있었지만, 요시코는 언젠가 있을 탈출의 기회를 노렸다.

그리고 몇 개월의 시간 끝에 기회가 찾아왔다.

엔화 위조지폐 원판의 제작이 마지막에 달했을 때였다.

평소보다 감시가 소홀한 틈을 탄 요시코는 감금당하고 있던 장소에서 탈출을 감행했다.

다행히 탈출에 성공할 수 있었지만, 그녀의 눈앞에 펼쳐진 광경은 끝없이 펼치진 시골 도로와 산이었다.

하지만 필사적으로 도망을 친 요시코는 드디어 민가가 보이는 마을까지 도망칠 수 있었다.

체력도, 기력도 바닥이 난 요시코.

드디어 살 수 있다는 희망을 가지고 마을에 도착한 그녀였지만, 얼마 지나지 않아 야쿠자들에게 붙잡히고 말았다.

그리고 그 자리에서 살해당했다.

"바로 저 남자의 손에."

쿠레하는 분노에 찬 눈빛으로 슈이치를 죽일듯이 노려봤다.

요시코가 탈출했을 때는 이미 위조지폐 원판의 완성이 코앞이었다.

더 이상 요시코의 도움은 필요 없었다.

그 때문에 그녀를 살해한 것이다.

그리고 쿠레하는 모르고 있는 사실이지만, 요시코처럼 위조지폐 원판 제작에 참여한 전문가들도 전부 슈이치에게 살해당했다. 정보 유출을 우려한 노부유키가 관련자를 전부 처분한 것이다.

결국 그렇게 슈이치에게 살해당한 요시코는 바로 버려졌다.

요시코의 비명 소리를 듣고 인근 마을 주민들이 무슨 일인지 확인을 하기 위해 나오고 있었으니까.

덕분에 슈이치가 이끌고 나온 야쿠자들은 요시코를 살해하고 바로 그 자리에서 이탈해야 했다.

"편지는 어떻게 해서 받을 수 있었던 거지?"

"야쿠자들에게 살해당하기 전에 보낸 모양이더군. 아마 탈출했을 때 우체통에 넣었을 테지."

"그렇군."

마을에 도착한 요시코는 가장 먼저 입구에 보이는 우체통에 편지를 집어넣었다.

편지는 감금을 당하고 있을 때부터 조금씩 몰래 써왔다.

언젠가 쿠레하에게 보내기 위해서.

결국 슈이치에게 살해당하긴 했지만, 모든 상황이 적혀 있는 요시코의 편지는 무사히 쿠레하에게 전달됐다.

"하지만 이미 상황은 늦어 있었다."

편지가 도착하기 전, 쿠레하는 이미 요시코는 살해당해 있었다.

그리고 편지를 읽고 당장 노부유키를 잡으려고 했지만, 이미 그는 요모기 연합 내에서 연기처럼 사라지고 없었다.

모든 게 늦어 있었던 것이다.

"하지만 나는 포기하지 않았다. 요시코를 죽게 만든 노부유키를 용서할 수가 없었지. 그래서 조직의 모든 정보력을 동원해서 노부유키의 행방을 조사했다."

그 결과 쿠레하는 노부유키가 극동회와 손을 잡았다는 점. 그리고 한국에 마약을 유통시키려고 한다는 사실을 알게 되었다. 물론 그것만이 노부유키의 목적이 아니라는 사실을 알고 있었다. 요시코의 편지에 노부유키가 엔화 위조지폐 원판을 제작했다는 사실을 알고 있었으니 말이다.

"노부유키의 목적은 한국에 엔화 위조지폐를 인쇄하는 것. 마약은 위조지폐로부터 눈을 돌리기 위한 방편에 지나지 않아."

"과연……."

지금까지 이어진 쿠레하의 장황한 이야기를 들은 현성은 납득한 표정으로 고개를 끄덕였다.

현성은 쿠레하가 무언가 숨기고 있다는 사실을 처음 봤을 때부터 느끼고 있었다.

마약뿐만이 아니라 무언가 더 있다고 말이다.

그런데 그것이 일본 엔화 위조지폐 원판이었을 줄이야.

"그럼 남은 건 노부유키를 잡는 일뿐이겠군."

쿠레하로부터 자초지종을 들은 현성은 모든 상황을 파악했다.

그리고 이번 사태의 원흉인 노부유키를 잡기 위해서는 슈이치의 정보가 필요하다는 사실을 다시 한 번 깨달았다.

슈이치라면 노부유키가 어디에 있는지, 그리고 엔화 위조지폐 원판이 어디에 있는지 알고 있을 터. 현성은 차가운 눈으로 바닥에 쓰러져 있는 슈이치를 바라봤다.

* * *

"아직도 연락이 없는 건가!"

후광파의 비밀 안전 가옥 중 한 곳.

지금 그곳의 거실에서 거친 고함 소리가 터져 나왔다.

"목소리를 낮춰라. 주변 사람들에게 민폐지 않은가."

"지금 그런 말을 할 때가 아니지 않나!"

타츠야는 날카로운 시선으로 눈앞에 있는 사내를 노려봤다. 무에타이의 달인이며 현 후광파의 보스, 용 사장이었다.

타츠야는 눈앞에 있는 사내를 도저히 이해할 수 없었다.

어젯밤 정체불명의 사내들에게 자신들이 따르고 있는 요모기 연합의 후계자가 납치당했다.

그렇다면 당연히 그녀를 구하러 가기 위해 움직여야 하지 않은가?

거기다 후광파에서는 잠재적으로 요모기 쿠레하를 납치한 사내들이 뉴 엘리트파의 조직원일 거라 이야기하고 있었다.

정체를 모르는 거라면 또 모를까, 그렇지 않으면서 왜 후광파는 움직이지 않는 것일까?

바로 그 점이 타츠야의 심기를 심하게 거슬렀다.

"네놈들이 하지 않겠다면 우리들이 하겠다!"

"말조심해라. 여긴 너희들이 알고 있는 일본이 아니다. 그리고 너희들은 이곳에서 한 발도 움직이지 못한다."

"뭐라고!"

거실에 있는 소파에 앉아 서로 마주 보고 있던 타츠야와 용 사장의 시선이 날카롭게 교차했다.

그리고 용 사장과 타츠야가 앉아 있는 소파 너머에서 병풍처럼 서 있는 후광파와 요모기 연합의 조직원 간에도 살벌한 시선들이 맞부딪쳤다.

그 속에서 용 사장은 담담한 목소리로 입을 열었다.

"지금은 기다려라. 그분에게 연락이 오기 전까지."

"웃기지 마라! 그놈이 뭔데 우리가 기다려야 하나!"

쾅! 쩌적!

"……!"

타츠야의 말에 돌연 용 사장이 앞에 있던 테이블을 주먹으로 내려쳤다.

그러자 나무로 된 테이블에 살짝 금이 가는 게 아닌가?

"다시 한 번 말한다. 말조심해라. 그분을 욕하면 요모기 연합과의 관계를 끊겠다. 그리고 네놈들도 결코 무사하지 못할 테지."

"이……!"

타츠야는 붉어진 얼굴로 용 사장을 노려봤다.

하지만 그 뿐이었다. 용 사장의 말이 틀리지 않았기 때문이다. 자신들은 후광파에게 도움을 요청하는 처지였다. 칼자루를 쥐고 있는 사람은 자신들이 아니라 용 사장이었다.

"만약… 만약 그녀에게 무슨 일이 생기면 네놈들을 절대 용서하지 않겠다."

조용한 분노가 담겨 있는 타츠야의 말에 용 사장은 조용히 고개를 끄덕였다.

"그러지. 그녀에게 무슨 일이 생긴다면 내가 확실히 책임을 지도록 하겠다."

"그 말 꼭 지키길 바라지."

"물론."

요모기 쿠레하를 구하러 간 현성을 무시하는 타츠야의 말을 용서할 수는 없었지만, 요모기 쿠레하가 납치를 당한 일은 예외였다.

용 사장은 쿠레하에 대한 일은 정말로 책임을 질 생각이었다.

거기다 어이없게 쿠레하가 납치당한 일에는 후광파의 잘못도 있었다.

'설마 간부 중에서 배신자가 있었을 줄이야.'

요모기 쿠레하가 안전 가옥에 도착한 후 얼마 지나지 않아 뉴 엘리트파로 추정되는 사내들의 습격을 받았다.

마치 요모기 쿠레하가 안전 가옥에 오는 것을 기다린 것처럼 말이다.

그 때문에 오늘 아침 현성이 후광파의 내부 조사를 하라고 말한 것도 있었지만, 용 사장 자신이 생각하기에도 의심스러운 점이 있어서 직접 조사를 했다.

그 결과, 어제부터 연락이 잘되지 않는 간부가 한 명 있다는 사실을 알아냈다.

그는 현성이 후광파를 한번 뒤집어엎은 후, 새롭게 간부가 된 인물이었다.

아무래도 뉴 엘리트파로 넘어간 것으로 보였다.

'그와 같은 인물이 또 있을지도 모르지. 이번 일이 끝나면 대대적으로 조사를 해봐야겠군.'

용 사장은 차가운 얼굴로 다짐했다.

하지만 지금 중요한 문제는 요모기 쿠레하를 찾는 일이었다. 쿠레하는 찾는 일이 늦어지자 조금 전처럼 요모기 연합의 야쿠자들이 반발하고 있었다.

현재는 용 사장이 어떻게든 그들을 억누르고 있었지만, 갈수록 힘이 들어가는 상황이었다. 그리고 요모기 쿠레하가 걱정되는 건 용 사장도 마찬가지였다.

그녀에게 무슨 일이 생긴다면, 일본으로 사업을 진출시킬 생각인 후광파에게 있어서도 좋지 않았기 때문이다.

그 때문에 용 사장도 요모기 쿠레하를 찾으러 가고 싶었지만 그럴 수가 없었다.

요모기 쿠레하가 어디에 있는지 알지 못했으며, 최악의 경우 인질이 될 위험성이 있었으니까.

지금은 그녀를 구하러 간 현성을 기다리는 게 최선이었다.

특히 현성의 실력을 잘 알고 있었기에 용 사장은 절대적으로 신뢰하고 있었다.

위이이잉!

그때 용 사장의 스마트폰이 진동했다. 다급히 스마트폰을 꺼내든 용 사장의 안색이 밝아졌다. 스마트폰에 찍힌 발신자의 이름이 다름 아닌 현성이었기 때문이다.

* * *

"끄아아아악!"

뉴 엘리트파의 비밀 아지트에서 끔찍한 비명 소리가 울려 퍼졌다.

비명 소리의 주인공은 슈이치였다. 슈이치는 현성의 손에 머리를 잡힌 채 온몸을 부들부들 경련을 일으키며 흰자위를 드러내놓고 있었다.

'설마 이 마법을 쓰게 될 줄이야.'

슈이치는 그래도 명색이 마법 협회 일본 지부의 인물인만큼 죽었으면 죽었지 한사코 이야기를 하려고 들지 않았다.

그 때문에 현성은 마음을 독하게 먹고 정신계열 마법을 사용하기로 마음먹었다.

'메모리 스캔. 정신계열에 속해 있는 4클래스 마법이지.'

말 그대로 기억을 스캔해서 원하는 정보를 손에 넣는 마법이다. 다만, 정신계열 마법은 부작용이 심했기 때문에 위험하기 짝이 없었다.

실제로 메모리 스캔 마법에 슈이치는 제대로 버텨내지 못했다.

털썩.

"후……."

슈이치로부터 정보를 뽑아낸 현성은 심호흡을 했다.

정신계열 마법은 시전자에게 부담을 주기 때문이다.

그리고 현성으로부터 정보를 뽑힌 슈이치는 백치가 되어 정신이 나간 표정으로 바닥에 나뒹굴었다.

하지만 현성은 그를 동정하지 않았다.

메모리 스캔 마법으로 슈이치가 요시코 뿐만이 아니라 수많은 사람들을 살해한 살인마라는 사실을 알게 되었으니까.

또한, 현성이 알아낸 정보는 그뿐만이 아니었다.

지금 노부유키가 어디에 숨어 있는지, 그리고 무엇보다 뜻하지 않게 마법 협회에 대한 중요한 정보를 얻은 것이다.

'마법 협회 내부가 이렇게 복잡할 줄은 몰랐군.'

현성이 마법 협회에 들어간 이유는 그들에 대해 조사를 하기 위해서였다.

그들의 목적이 무엇인지, 그리고 현대에서 자신이나 가족들에게 위협적인 존재인지 아닌지.

그만큼 현대에서 마법은 위험한 힘이었다. 사용자의 목적에 따라 어떤 일이 생길지 알 수 없었으니까.

그런데 현성은 조금이나마 마법 협회라는 조직에 알게 되었다.

전 세계에 지부가 있는 초국가적 단체인 마법 협회.

그 내부는 불협화음이 끊임없이 일어나고 있으며, 무엇보다 아티팩트와 오파츠를 둘러싼 치열한 분쟁이 세계적인 규모로 벌어지고 있었다.

한국 지부와 일본 지부가 항쟁 중인 이유도 각지에서 발굴되고 있는 아티팩트와 오파츠 같은 초고대 문명의 유물 때문이었다.

이러한 고대 문명의 유물들은 현대과학으로는 도저히 설명할 수 없으며, 그중 일부가 마법으로 발동시킬 수 있다는 사실이 판명되면서 마법 협회는 크게 술렁였다.

설마 고대 문명 시대의 유물이 마법과 연관이 있을 거라고는 아무도 생각하고 있지 않았기 때문이다.

그 후, 본격적으로 마법 협회에서 고대 시대 유물들에 대한 쟁탈전이 일어나기 시작했으며, 현대에 들어와서는 더욱 가속화되고 있는 상황이었다.

현성이 알아낸 정보는 거기까지였다.

그 이상 알아내려고 하는 순간 슈이치의 정신이 붕괴해 버렸던 것이다.

그래도 소정의 정보를 얻었기에 현성은 만족했다.

하지만…….

"대체 무슨 짓을 한 거죠?"

현성을 향해 최미현이 날카로운 어조를 던졌다.

백치가 되어 입가에 침을 질질 흘리며 멍한 표정으로 바닥에 쓰러져 있는 슈이치의 모습에 무언가 잘못되었다는 사실을 느낀 것이다.

그런 그녀를 향해 현성은 담담히 말했다.

"노부유키가 숨어 있는 장소를 알아냈습니다."

"……!"

그 말에 최미현은 놀란 표정을 지었다.

조금 전 현성이 슈이치의 머리에 손을 대고 무언가를 했다는 건 알고 있었다.

하지만 설마 노부유키가 숨어 있는 장소를 알아냈을 줄이야.

"그는 어떻게 된 거죠?"

"백치가 되었습니다. 천벌을 받은 거죠. 그는 수많은 여성들을 살해한 살인마였으니까요."

"그런 사실을 대체 어떻게……?"

"지금 중요한 건 그게 아닐 텐데요?"

"……!"

최미현은 입술을 깨물었다.

분명 마법이라는 걸 사용해서 정보를 알아낸 것이리라.

그리고 지금은 현성의 말대로였다. 현성이 슈이치를 백치로 만들었다는 사실이 문제가 되긴 했지만, 지금은 그것보다 노부유키를 잡는 일이 급선무였다.

"좋아요. 이제 뒷일은 저희들에게 맡기세요. 나머진 국정원에서 처리하겠어요."

"뭣?!"

'역시 그렇게 나오는군.'

최미현의 말에 쿠레하는 놀란 표정으로 되물었고, 현성은 그럴 줄 알았다는 얼굴로 고개를 끄덕였다.

"그건 인정할 수 없군요."

"무슨 말이죠?"

"노부유키는 내가 잡습니다."

현성의 선언에 최미현은 어이가 없는 얼굴을 했다.

"어째서죠? 이 이상 당신이 개입할 필요는 없을 텐데요?"

"벌써 잊었습니까? 이 인물이 어디의 소속인지?"

"그게 무슨… 아."

슈이치를 가리키며 말하는 현성의 말에 반박을 하려던 최미현은 말을 멈췄다.

슈이치는 노부유키와 연관이 된 극동회 쪽 인물이 분명했다.

하지만 그 이전에 그는…….

"이제 알아차린 모양이군요. 그렇습니다. 그는 마법 협회 일본 지부의 인물이죠. 즉 마법사와 연관이 있는 자입니다."

"그래도 노부유키와는 상관이 없……."

"아니요. 상관이 있지요."

현성은 최미현의 말허리를 잘랐다.

"마법 협회 일본 지부에서 파견한 인물이 과연 저자뿐일까요?"

"……!"

그 말에 최미현은 할 말을 잃었다. 그리고 가정을 해봤다.

만약 노부유키 곁에 슈이치와 같은 실력을 가진 자가 있다면? 아니, 만약 눈앞에 있는 소년과 같은 마법사가 있다고 한다면?

'크…….'

전율이 등허리를 지나갔다.

확실히 국정원 직원들을 동원하여 기습을 한다면 노부유키를 잡을 수는 있을 것이다.

하지만 만약 그곳에 슈이치와 같은 검의 달인이나, 현성 같은 마법사가 있다고 한다면 이야기는 달라진다.

분명 어마어마한 피해가 나올 터.

최악의 경우 전멸할 수 있다는 각오도 해야 했다.

그 사실에 최미현은 체념한 얼굴로 현성을 바라봤다.

"정말 그들이 더 있나요?"

"유감이지만 그건 알 수 없었습니다. 거기까지 정보를 알아내지 못했거든요."

현성의 말은 사실이었다.

노부유키 곁에 정말 마법 협회 일본 지부에서 보낸 인물이 더 있는지 없는지 알 수 없었다.

슈이치로부터 정보를 알아낼 수 없었던 것인지, 아니면 애초에 슈이치 본인이 모르고 있었던 것인지.

하지만 만에 하나 마법 협회 일본 지부에서 슈이치와 같은 실력자를 파견했다면 어떻게 될지 알 수 없는 일이었다.

그 사실을 알고 있기에 최미현은 고민하는 눈치였다.

최대한 리스크가 없는 쪽을 선택해야 했다.

잠시 후, 결정을 내린 그녀는 현성을 바라보며 입을 열었다.

"알겠어요. 당신의 말에 따르죠. 단, 조건이 있어요."

"조건?"

"저도 함께 가겠어요."

현성을 바라보고 있는 최미현의 눈빛에는 확고한 의지가 깃들어 있었다. 그것을 본 현성은 차가운 목소리로 대답했다.

"죽을지도 모릅니다."

"제가 누군지 잊었나요? 전 국가 공무원이에요. 국가를 버리는 행위는 할 수 없어요."

"……."

최미현의 말에 현성은 물끄러미 그녀를 바라봤다.

물러설 수 없다는 의지가 깃들어 있는 눈.

국가를 위해서라면 목숨이 아깝지 않다는 아름다운 미녀.

현성은 결정을 내린 얼굴로 입을 열었다.

"알겠습니다. 단, 저도 조건을 걸도록 하죠."

"뭐죠?"

"뉴 엘리트파 및 슈이치라는 일본인의 뒤처리를 부탁합니다."

"저 일본인까지 말인가요?"

현성의 말에 최미현은 의아한 듯 되물었다.

슈이치가 누구인가?

다름 아닌 마법 협회 일본 지부의 인물이었다. 그런 그를 국정원에서 처리해 달라니?

마법 협회 한국 지부인 인천 역사 유물 박물관에서 처리해야 될 일이 아닌가?

"이미 그로부터 알아낼 수 있는 정보는 없습니다. 그리고 이번에 그와 부딪쳤던 일은 우연일 뿐입니다. 저는 어디까지나 개인적으로 요모기 연합의 후계자를 경호하기 위해 의뢰를 받았을 뿐이니까요."

즉, 슈이치에 관한 일도 폭력 조직 간의 분쟁으로 처리해달라는 소리였다.

"알겠어요."

최미현은 현성의 조건을 받아들였다. 아니 최미현의 입장으로서는 오히려 환영할 만한 일이었다.

이번 사건에 뉴 엘리트파와 극동회가 연결되어 있었으며, 슈이치 또한 극동회 내에서 중요한 위치에 있는 인물이었으니 말이다.

하지만 현성의 목적은 달리 있었다.

'나에 대한 정보를 마법 협회에 넘길 수 없지.'

현성은 알고 있었다.

마법 협회 한국 지부, 즉 인천 역사 유물 박물관이 가진 어마어마한 정보력을.

분명 그들은 이번 사건에 대해서 어느 정도 정보를 가지고 있을 것이다.

하물며, 슈이치는 마법 협회 일본 지부의 인물이었다.

인천 역사 유물 박물관의 능구렁이 같은 서진철 관장이 이번 일을 모르고 있을 리 만무했다.

만약 순순히 슈이치를 인천 역사 유물 박물관에 넘긴다면 어떻게 될까?

일본 지부의 인물을 쓰러뜨렸으니 공적이 될지도 모른다.

하지만 현성이 노부유키의 은신처와 일본 지부의 정보를 얻기 위해 슈이치를 백치로 만들어 버렸다.

대체 어떤 방법으로 슈이치를 백치로 만든 것인지, 그리고 이제 고작 1클래스 마스터인 현성이 무슨 방법으로 슈이치를 쓰러뜨렸는지 분명 문제가 될 터.

거기다 지금 현재 현성은 자신의 실력을 숨긴 채 마법 협회에 들어와 있는 상황이었으며, 마법 협회에서도 아직 현성을 완전히 신뢰를 하고 있지 않은 상황이었다.

그런 상황에서 현성이 마법으로 슈이치를 쓰러뜨리고 백치로 만들었다는 사실이 알려지는 일은 결코 좋지 않았다.

왜냐하면 현성이 실력을 숨기고 있다는 사실을 들킬 위험성이 있었으니까. 그 때문에 현성은 그 사실을 속이기 위해서 슈이치를 국정원에 넘길 생각이었다.

물론 그냥 넘길 생각은 없었다.

"그리고 그의 신분 세탁도 부탁드리죠."

"…!"

현성의 말에 최미현은 어안이 벙벙한 표정을 지었다.

전혀 생각지도 못한 말이었기 때문이다.

그런 그녀를 향해 현성은 한마디 덧붙였다.

"만약 그렇지 않으면 그는 살해당하고 말 겁니다. 일본 야쿠자 조직인 극동회나… 아니면 마법 협회 일본 지부가 보낸 자객에 의해서 말이죠."

"그런 바보 같은……."

최미현은 믿을 수 없다는 얼굴로 현성을 바라봤다.

"그의 신분 세탁 및 보호를 요청합니다. 들어주시겠습니까?"

"으……."

현성의 말에도 일리가 있었다.

그 때문에 최미현은 어떻게 할지 고민에 빠질 수밖에 없었다. 특정 인물의 신분 세탁이나 보호는 자기 혼자의 권한으로 어떻게 해볼 수 있는 일이 아니었기 때문이다.

하지만 완전히 불가능한 일은 아니었다.

그녀의 아버지는 다름 아닌 국정원장.

그리고 비록 범죄자이긴 하나 한 인물의 생명을 보호하기 위함이었다.

결정을 내린 최미현은 현성을 바라보며 입을 열었다.

"알겠어요. 받아들이죠."

"잘 선택하셨습니다."

현성은 만족스러운 미소를 지었다.

이로써 현성은 슈이치라는 인물을 사회에서 증발시켜 버렸다. 설령 인천 역사 유물 박물관에서 이미 슈이치에 대한 행방을 쫓고 있다고 해도 국정원이 개입해서 신분 세탁을 해 버린다면 마치 행방불명이 된 것처럼 보일 것이다.

그렇게 되면 아무리 인천 역사 유물 박물관이라고 하더라도 자신과 슈이치에 대한 연관성을 생각하기 어려울 터였다.

심증은 있어도 물증이 없으니 말이다.

"이야기는 끝났나?"

그때 지금까지 조용히 있던 쿠레하가 입을 열었다. 그녀의 목소리에 현성과 최미현은 그녀를 바라봤다.

쿠레하는 어금니를 깨물고 분노에 찬 표정을 짓고 있었다.

"당연한 소리겠지만 나도 간다. 내 손으로 노부유키를 잡지 않으면 분이 풀리지 않으니까 말이야."

"물론이지."

현성은 노부유키를 잡으러 가는데 쿠레하를 데리고 갈 생각이었다.

이번 사건의 당사자이기도 하지만 노부유키를 잡으려면 그녀의 힘도 필요했기 때문이다.

현성은 노부유키를 잡으러 가기 전, 스마트폰을 꺼내 들더니 어디론가 전화를 걸기 시작했다.

제 11 장
노부유키의 함정

—네, 형님! 기다리고 있었습니다!

스마트폰을 걸자마자 들려오는 용 사장의 우렁찬 목소리에 현성은 살짝 얼굴을 찌푸렸다.

"아, 용 사장. 무슨 목소리가 이렇게 커? 귀청 떨어지는 줄 알았잖아."

—죄송합니다.

용사장의 대답에 현성은 고개를 절레절레 흔들었다. 그리고 이내 안색을 바꾸며 용건을 말했다.

"요모기 쿠레하는 구했다."

—정말입니까?

"그래."

—다행이군요. 그렇지 않아도 요모기 연합의 조직원들이 슬슬 무슨 짓을 하지 않을까 걱정하고 있던 참이었습니다.

용 사장은 밝은 목소리로 말했다.

가장 큰 난관을 해결했기 때문이다. 그런 용 사장에게 현성은 중요한 사안을 물었다.

"조직 내부 조사는 어떻게 되었나?

—…죄송합니다. 역시 조직 내부에 배신자가 있었습니다.

잠시 침묵한 뒤 대답하는 용 사장의 목소리는 침통했다.

"배신자는 어떻게 되었지?"

—죄송합니다. 잡지 못했습니다. 이미 뉴 엘리트파로 넘어가 버린 것 같습니다.

"흠……."

용사장의 말에 현성은 잠시 생각에 잠겼다.

지금 상황에서 배신자를 잡지 못한 건 아쉽긴 했지만 큰 문제는 아니었다. 어차피 뉴 엘리트파 그 자체가 끝장이 난 상황이었기 때문이다.

"뭐, 됐어. 어차피 뉴 엘리트파는 사라지게 될 테니까 말이야."

—예?

용 사장은 의아한 목소리로 되물었다.

뉴 엘리트파는 요모기 쿠레하를 납치 및 감금을 했다.

그녀는 일본인 관광객으로 한국으로 왔다.

까닥 잘못했다간 외교적인 문제로 번질 수도 있는 사항이었다. 경찰에서 절대 가만히 놔두지 않을 것이다.

어디 그뿐인가?

간 크게도 뉴 엘리트파는 국정원의 정보 요원인 최미현을 감금했다. 뉴 엘리트파가 공중분해되는 것은 물론, 완전히 부서지게 될 것이다.

"그보다 용 사장. 지금부터 말하는 장소에 조직원을 좀 보내줘야겠어."

—조직원들을 말입니까?

"그래. 후광파 조직원 중 용 사장이 믿을 수 있는 사람으로 정예 열 명과 요모기 쿠레하가 데리고 온 조직원을 전부 보내줬으면 좋겠군. 아, 그리고 지금부터 말하는 장소에 대해선 신뢰할 수 있는 사람에게만 말하도록. 무슨 말인지 알겠지?"

어쩌면 아직 후광파 내부에 배신자가 있을지도 모른다.

그 때문에 현성은 최대한 정보 유출을 줄이고 싶었다.

용 사장이 믿을 수 있는 인물에게만 정보를 알려주고, 그 인물이 용 사장을 대신해서 조직원을 데려오면 될 일이었다.

—알겠습니다. 맡겨주십시오.

"그럼 부탁하도록 하지."

현성의 의도를 알아들은 용 사장은 자신감 넘치는 목소리로 말했다.

그렇게 자신들이 가야할 장소를 용 사장에게 전달한 현성은 전화를 끊었다.

"그럼……."

이제 노부유키를 잡기 위한 물밑 작업도 끝났다.

남은 건, 이번 사건의 원흉을 잡는 것뿐.

현성은 눈빛을 싸늘하게 빛냈다.

*　*　*

인천 서구의 한 산업 단지.

최미현에게 엔화 위조지폐 원판을 숨긴 장소를 들킨 노부유키는 산업 단지가 밀집해 있는 공장에 몸을 숨기고 있었다.

산업 단지에는 아직 회사가 들어서지 않는 빈 공장 건물이 있었기에 노부유키는 그곳 중 하나를 매입했다.

그리고 유령 회사를 설립하여 인쇄 공장을 하나 차렸다.

이곳에서 엔화 위조지폐를 찍어낼 계획이었던 것이다.

물론 그 전에 경찰들의 눈을 돌리기 위한 마약부터 유통시킬 생각이었다.

그러기 위해서 노부유키는 본국에서 필로폰을 공수해 왔으며, 일부는 직접 제조하기도 했다.

시중에서 팔고 있는 감기약에서 슈도에페드린이란 원료를 추출하여 필로폰을 제조한 것이다.

즉, 노부유키는 인쇄 공장으로 위장하여 마약을 제조하고, 마지막에는 위조지폐를 제작할 계획을 세우고 있었다.

'이제 얼마 남지 않았다. 조만간 인천에 필로폰이 대규모로 퍼져 나가겠지.'

노부유키는 공장 사무실에서 만족스러운 미소를 지었다.

그는 마약 유통 루트를 들키지 않기 위해서 뉴 엘리트파를 희생시켰다.

당장 오늘 밤만 해도 경찰들은 정신이 없을 터였다.

뉴 엘리트파의 비밀 아지트에서 살인 사건이 일어난 데다가 마약까지 발견될 테니까.

그러기 위한 작업을 이미 슈이치가 마쳐 놓았을 것이다.

'그런데 왜 아직까지 연락이 없는 거지?'

슈이치가 뉴 엘리트파의 비밀 아지트로 간 지 꽤 시간이 흘러 있었다. 본래대로라면 비밀 아지트에 있을 요모기 쿠레하와 자신의 비밀 창고를 찾아낸 정체불명의 여인을 처리하고 연락이 왔어야 했다.

하지만 해가 저문 지금까지 연락이 오지 않았다.

'설마 실패한 건가?'

그 생각에 노부유키는 고개를 저었다.

슈이치의 실력은 그도 알고 있었으며, 무엇보다 조직에서 추천한 인물이었다.

그런 슈이치가 당했다는 생각을 할 수 없었다.

"느낌이 좋지 않군."

계획대로 일이 풀려야 문제가 생기지 않는 법이다. 아니, 계획대로 일이 풀리지 않으면 문제가 생겼다고 봐야할 터.

노부유키는 좋지 않은 예감에 눈살을 찌푸린 후, 어디론가 전화를 걸기 시작했다.

지금까지 공을 들여서 로비를 해온 상대에게.

* * *

어둠이 내리는 시각.

현성은 용 사장에게 보낸 약속 장소에 도착했다.

그곳은 노부유키가 잠복하고 있는 공장에서 조금 떨어진 장소로 인적이 드문 공터였다.

"벌써 와 있군."

쿠레하와 최미현을 데리고 공터에 도착한 현성은 요모기 연합의 야쿠자들과 용 사장을 비롯한 후광파 조직원들이 보였다.

시간이 늦은 데다 전원 검은색 정장을 입고 있어서 그런지 멀리서 보면 잘 보이지 않았다.

"기다리고 있었습니다."

"용 사장이 직접 올 줄은 몰랐군."

현성은 용 사장이 있다는 사실에 살짝 놀랐다.

그래도 명색이 한 조직의 보스였기에 현성은 용 사장을 부를 생각이 없었다.

그래서 후광파의 조직원 중 정예로만 열 명을 보내달라고 요청을 했었다.

그런데 설마 그 열 명 중 한 명으로 용 사장이 왔을 줄이야.

"무슨 소리입니까, 형님! 저도 아직 현역입니다."

용 사장은 씩 웃으며 대답했다.

그 말에 현성은 고개를 흔들었다.

그렇게 현성과 용사장이 대화를 나누는 사이 요모기 연합 쪽도 쿠레하의 안부를 묻는 야쿠자들 때문에 잠시 소란스러워졌다가 이내 잠잠해졌다.

걱정스러운 표정으로 달려드는 요모기 연합의 조직원들을 쿠레하가 시끄럽다며 정강이를 걷어찼기 때문이다.

한차례 소란이 지나간 후 용 사장은 현성의 곁에 서 있는 미녀에게로 시선을 옮겼다.

"그런데 이분은 누구신지……?"

"박현미라고 해요."

용 사장의 말에 최미현은 이름만 밝혔다.

그것도 가명으로.

그녀의 말에 현성은 피식 웃음을 흘렸고, 쿠레하는 기가 막힌다는 얼굴로 최미현을 바라봤다.

"불여우가 따로 없군."

"뭐라구요?!"

최미현과 쿠레하는 스파크가 튈 것 같은 시선으로 서로를 노려봤다.

그런 그녀들의 모습에 용 사장은 식은땀을 흘렸다.

“괘, 괜찮은 겁니까?”

용 사장의 말에 현성은 쓴웃음을 지으며 입을 열었다.

“신경 쓰지 마. 여기 오는 내내 저런 상태였으니까 말이야.

“예…”

용 사장은 마지못한 목소리로 대답하더니 이내 안색을 바꿨다. 용 사장으로서는 지금 그녀가 이곳에 왜 있는지 알 수 없었기 때문이다.

“그런데 믿을 수 있는 사람입니까?”

“걱정하지 않아도 돼. 그녀는 내가 들여놓은 보험 같은 존재니까 말이야.”

“보험… 말입니까?”

현성의 말에 용 사장은 더욱 영문을 알 수 없어졌다

하지만 현성이 그녀를 데리고 온 것을 보면 무언가 도움이 되는 인물일 거라 생각했다.

“그럼 이제 슬슬 가볼까?”

이번 사건의 원흉인 히로세 노부유키.

겁도 없이 현성이 살고 있는 인천에 마약을 유통시키고, 그뿐만이 아니라 엔화 위조지폐까지 찍어내려고 한 노부유키를 잡기까지 이제 한걸음 남았다.

현성을 필두로 한 후광파 정예 조직원 열 명과 요모기 연합 야쿠자 열 명 또한 노부유키가 잠복하고 있는 장소로 추정되는 공장을 향해 발걸음을 옮기기 시작했다.

*　*　*

"크아아악!"

"이, 이놈들 뭐야!"

"마, 막아라!"

노부유키가 잠복하고 있는 인쇄 공장.

슈이치로부터 직접 정보를 뽑아냈기에 착각을 한다거나, 쳐들어간 공장이 노부유키가 숨어 있는 곳이 아니라거나 하는 일은 없었다.

실제로 공장 안에는 작업복을 입고 있는 직원들도 있었지만, 공장 안과는 어울리지 않게 검은색 양복을 입은 일본인들이 있었던 것이다.

그리고 지금, 공장 안에서는 온갖 욕설이 난무하며 일련의 무리가 싸움을 벌이고 있었다.

'흠. 생각보다 쉽군.'

후광파의 정예 조직원 열 명과 요모기 연합의 야쿠자 열 명 덕분에 노부유키가 숨어 있는 공장을 제압하기까지 시간은 그리 오래 걸리지 않아 보였다.

비록 공장에 노부유키가 극동회에서 데리고 온 야쿠자들이 서른 명 가량 있었지만, 시간 벌기밖에 되지 않았다.

현성과 용 사장을 필두로 극동회 야쿠자들을 추풍낙엽처럼 쓰러뜨렸던 것이다. 거기다 의외로 쿠레하와 최미현도 선전했다. 그녀들은 능숙한 움직임으로 극동회 야쿠자들을 한 명씩 차근차근 쓰러뜨려갔다.

한 명은 일본 야쿠자 조직의 정식 후계자였으며, 다른 한 명은 국가 첩보 기관의 비밀 요원이었으니 당연하다고 하면 당연한 결과라고 할 수 있었다.

'하지만 아직 안심할 수는 없지.'

지금까지는 극동회 야쿠자밖에 없었다.

만약 마법 협회 일본 지부에서 파견한 마법사가 등장한다면 상황은 변할 것이다. 아직까진 공장 내부에서 마법사의 기척을 느낄 순 없었지만, 현성은 경계를 늦추지 않았다.

그렇게 현성을 필두로 한 후광파와 요모기 연합은 노부유키가 숨어 있는 사무실 앞까지 도달하게 된다.

"마, 망할!"

기계 돌아가는 소리로 소란스러운 공장 내부에서 갑작스럽게 벌어진 난투극에 노부유키는 정신이 없었다.

"왜 이곳에 요모기 연합 놈들이 있는 거냐고!"

노부유키는 사무실 창문 너머로 보이는 요모기 연합의 야쿠자를 보고 악에 받친 소리를 질렀다.

이곳에 요모기 연합이 나타났다는 소리는 후광파도 개입해 있다는 소리였으며, 더 어이없는 것은 요모기 쿠레하가 있다는 사실이었다.

"빌어먹을 슈이치 놈! 일처리를 대체 어떻게 해놓은 거냐!"

요모기 쿠레하가 이곳에 무사히 나타났다는 소리는 뉴 엘리트파가 배신을 했다는 가능성이 있었다.

하지만 노부유키는 알고 있었다. 뉴 엘리트파가 배신을 하지 않았다는 사실을 말이다.

어젯밤 자신의 창고에서 잡은 정체불명의 여인을 뉴 엘리트파의 비밀 아지트에 넘겨주러 간 부하가 요모기 쿠레하를 납치했다는 사실을 확인했기 때문이다.

그러니 뉴 엘리트파는 노부유키를 배신하지 않았다.

그렇다면 대체 어떻게 해서 그녀가 이곳에 있는 것일까?

문제는 그뿐만이 아니었다.

창문 너머로 보이는 전투 상황은 좋지 않아 보였다.

현재 노부유키가 있는 사무실의 출입구는 하나뿐.

그 출입구 밖에는 요모기 연합과 후광파 조직원들은 착실하게 노부유키가 숨어 있는 사무실로 다가오고 있었다.

즉, 어디에도 도망칠 곳은 없었다.

"빌어먹을. 이렇게 된 이상 마지막 수단을 쓰는 수밖에!"

사실 이미 좋지 않은 예감을 느끼고 있었던 노부유키는 만일의 사태에 대비를 해놓았다.

혹시 무슨 일이 생기면 자신을 도와달라고 그동안 로비를 해온 인물에게 연락을 한차례 넣었던 것이다.

그런데 얼마 지나지 않아 이런 일이 생길 줄이야!

노부유키는 인상을 찌푸린 채 다시 전화를 걸기 시작했다.

어느덧 현성은 노부유키가 숨어 있는 사무실 앞에 도착했다.

그동안 극동회 소속의 야쿠자들이 덤벼들었지만 이미 전부 쓰러뜨렸다.

그 와중에 조직원들 일부가 다치긴 했지만, 극동회 야쿠자들에 비하면 새발에 피였다.

이제 남은 건 사무실에 있는 노부유키뿐.

현성은 공장 사무실을 발로 차면서 안으로 들어갔다.

그리고 사무실 안에서 식은땀을 흘리고 있는 일본원숭이, 아니 한 명의 사내를 볼 수 있었다.

"네놈이 노부유키로군."

나이는 삼십대 중반으로, 생긴 게 꼭 일본원숭이를 연상시켰다.

그의 외모로만 본다면 이번 사건의 원흉이라고는 생각하기 힘들었다.

하지만 외모를 보고 그를 판단해서는 안 된다.

지금까지 그 점을 노려서 노부유키는 경쟁 상대를 나락으로 털어뜨려 왔던 것이다.

"노부유키……."

현성의 뒤를 이어 사무실에 들어온 쿠레하는 노부유키를 바라보더니 이를 갈았다. 자신의 소중한 친구인 요시코를 죽게 만든 장본인이었으니까.

"으……."

그녀의 뒤를 이어 사무실 안으로 들어온 요모기 연합과 후광파의 조직원에게 둘러싸인 노부유키는 주눅이 들 수밖에 없었다.

절체절명의 상황.

이대로라면 자신이 무슨 짓을 당하게 될지 몰랐다.

경찰에 넘어간다면 차라리 나았다. 경찰의 손에서 빠져나올 수단은 있었으니까.

하지만 이 자리에서 문답무용으로 처리하려고 한다면, 지금의 노부유키로서는 어떻게 방법이 없었다.

"사, 살려주십시오!"

상황이 상황인만큼 노부유키는 바닥에 납작 엎드리더니 쿠레하의 다리를 붙잡고 늘어졌다.

목숨 앞에서 체면이고 뭐고 다 버린 것이다.

"닥쳐! 내가 네놈을 용서할 것 같으냐!"

쿠레하는 자신의 바지를 잡고 있는 노부유키를 무슨 벌레라도 보는 마냥 소리치더니 발로 찼다.

퍽!

"어이쿠!"

몇 차례 쿠레하에게 발차기를 당한 노부유키의 얼굴이 퉁퉁 부었다.

"그쯤해라."

결국 현성이 쿠레하를 말렸다.

그러자 쿠레하는 날카로운 눈으로 현성을 노려봤다.

그 짧은 순간 노부유키는 지금 자신이 누구에게 매달려야 하는지 알아차렸다.

'저 소년이 내 생명줄이다!'

그렇지 않아도 사무실 창문 너머로 극동회 소속 야쿠자들을 쓰러뜨리는 현성의 모습을 본 터였다.

약 이십 년간 한주먹 한다는 일본 야쿠자들을 보아온 노부유키는 현성이 보기보다 강하다는 사실을 느끼고 있었다.

"사, 살려주십시오."

노부유키는 바람 빠지는 듯한 목소리를 내며 이번에는 현성의 바짓가랑이를 붙잡았다.

"쯧."

그 모습에 현성은 혀를 찼다.

이윽고 상황이 끝났음을 느꼈다. 노부유키의 행동으로 보아 더 이상 믿는 구석이 없다고 느낀 것이다.

그 말은 곧 슈이치처럼 마법 협회 일본 지부에서 파견한 인물이 없다는 사실이었다.

"그럼 이제 이놈을……."

현성은 노부유키 또한 최미현에게 맡길 생각이었다.

국제 마약 범죄 혐의와 위조지폐 제작 혐의로 말이다.

그런데 바로 그 때,

왜애앵!

공장 밖에서 사이렌 소리가 울려 퍼지는 게 아닌가?

"……?!"

모두가 어리둥절 하는 사이 공장 안이 부산스러워졌다.

"꼼짝 마! 경찰이다!"

사무실 밖에서 울려 퍼지는 고함 소리.

그리고 잠시 후, 제복을 입은 경찰들이 공장 사무실로 들이닥쳤다. 대략 어림잡아 보아도 스무 명 이상은 되어 보였다.

"모두 움직이지 마!"

사무실 안으로 들이닥친 경찰들은 요모기 연합과 후광파 조직원을 향해 총을 들이대며 소리쳤다.

공장 안에는 패싸움을 한 흔적이 남아 있었다.

정체를 알 수 없는 검은색 양복의 사내들이 팔다리가 부러진 채 쓰러져 있었으니 말이다.

틀림없는 조직들 간의 항쟁이었다. 그렇다면 이곳에 있는 모든 사람들이 체포될 수밖에 없는 상황.

설령 요모기 연합과 후광파의 조직원이 체포가 된다고 하더라도 노부유키의 범행이 드러난다면 정상참작의 여지가 있었다.

하지만 현성은 보았다.

노부유키의 입가에 걸려 있는 희미한 미소를.

그리고 경찰 간부로 보이는 사십대 중반의 사내와 노부유키 사이에 오고간 시선을.

노부유키와 시선을 교환한 사십대 중반의 사내는 현성이 있는 요모기 연합과 후광파의 조직원들을 노려보며 소리쳤다.

"저 조폭 새끼들 전부 잡아들여! 폭력행위에 관한 법률 위반 혐의로 체포한다!"

사무실로 들이닥친 경찰관들은 수갑을 꺼내며 요모기 연합과 후광파의 조직원에게 다가갔다.

물론 현성과 최미현도 예외는 아니었다.

갑작스러운 경찰의 개입과 부당한 체포.

요모기 연합과 후광파의 조직원들의 당황스러워하는 모습을 바라보며 노부유키와 사십대 중반의 경찰 간부는 비릿한 미소를 지어 보였다.

『화려한 귀환』 3권에 계속…